KB043256

존버, 내 인생

존버, 내 인생

초판 1쇄 2023년 5월 25일

글쓴이 | 오채
펴낸곳 | 도서출판 단비
펴낸이 | 김준연
편 집 | 이혜숙
디자인 | 김선미
등 록 | 2003년 3월 24일(제2012-000149호)
주 소 | 경기도 고양시 일산서구 고양대로 724-17, 304동 2503호(일산동, 산들마을)
전 화 | 02-322-0268
팩 스 | 02-322-0271
전자우편 | rainwelcome@hanmail.net

ISBN 979-11-6350-070-4   43810

값 12,000원

쫀쌔, 내 인생

오채 장편소설

단비
danbi

차례

왜 이런 집에
태어났을까

"아이 씨이발…."

오랜만에 들어 보는 어눌하지만 강렬한 언니의 욕. 언니는 연습실을 나올 때부터 어딘지 불안해 보였다. 나도 모르게 한 발짝 뒤로 물러나 언니와 거리를 두었다. 오만 원의 대가가 이렇게 클 줄 몰랐다. 자폐스펙트럼이 있는 언니는 요즘 불안 증세를 보인 일이 없었다. 그래서 아빠의 부탁을 흔쾌히 받아들인 건데. 아빠한테 전화를 걸었다. 아빠는 오디션을 받고 있는지 핸드폰 전원이 꺼져 있었다.

토요일 오후라 그런지 교회 앞 정류장에 사람들이 붐볐다. 언니는 6년째 교회에서 하는 장애인 오케스트라 단원으로 활동하고 있다. 3시 1분에서 5분 사이에 도착하는 6500번 버스가 3시 15분이 되도록 오지 않았다. 버스 전광판 곧 도착 표시에도 6500번이 보이지 않았다. 바이올린 가방을 멘 언니는 사람들 틈을 비집고 점점 앞으로 갔다. 언니를 붙잡아야 하는데 발이 떨어지질 않았다.

시계와 버스 전광판을 번갈아 보던 언니는 검지를 얼굴 가까이 대고 돌리기 시작했다. 언니의 불안이 최고조가 됐다는 뜻이다. 나를 찾는 듯 언니가 주위를 둘러보았다. 언니의 불안한 몸짓을 보니 더 가까이 갈 수가 없었다.

언니가 옆에 있는 여자에게 물었다.

"버스가 왜 안 와요?"

여자는 언니의 말을 못 들은 듯 앞만 보고 있었다. 언니의 검지가 점점 빠르게 돌아갔다. 버스 전광판과 옆에 있는 여자를 번갈아 보던 언니가 갑자기 손을 뻗어 여자의 뺨을 때렸다. 내 눈으로 보면서도 믿지 않았다. 순식간에 주위가 고요해졌다. 언니는 방금 사람을 때린 손을 보며 울먹였다.

"아이 씨이발, 존나 버스가 안 와!"

아담한 체구의 젊은 여자는 얼굴을 감싼 채 언니를 쏘아보았다. 나도 모르게 구둣방 뒤로 몸을 숨겼다.

여자는 귀에서 이어폰을 빼며 앙칼지게 소리쳤다.

"야! 너 뭐야!"

언니는 발을 동동 구르며 애타게 내 이름을 불렀다.

"선우야, 선우야!"

마음은 언니한테 날려가고 싶은데 발이 움직이질 않았다. 언니는

왜 이런 집에 태어났을까 7

머리를 쥐어뜯으며 포효하듯 소리쳤다.

"아이 씨이발, 선우야!"

엄마 아빠가 있었다면 당장 달려가서 사과했겠지. 여자가 어딘가로 전화를 걸었다. 주위에 있는 사람들이 여자를 말리는 것처럼 보였다. 여자는 검지를 치켜들고 언니에게 꼼짝 말라는 듯 경고했다. 언니가 그토록 기다리던 6500번 버스가 왔다. 언니가 얼른 이 장소를 벗어나길 간절히 바랐다. 내 바람대로 언니가 버스에 타려고 하자 여자가 언니를 붙잡았다. 버스가 떠나고 얼마 안 있어 요란한 소리와 함께 경찰차가 도착했다.

"경찰서는 112! 경찰서는 112!"

언니의 외마디 외침이 정류장에 울려 퍼졌다. 있는 힘껏 달리는 수밖에 없었다.

아, 도대체 어떻게 일이 이렇게 꼬일 수 있을까. 시간을 돌릴 수만 있다면 돌리고 싶었다. 그럼 버스를 기다리는 언니 옆에 바짝 붙어 있었을 텐데. 경찰까지 출동할 줄은 정말 몰랐다. 엄마한테 전화하려다 그만두었다. 언니는 경찰을 보자마자 엄마 전화번호부터 중얼거렸을 테니까. 핸드폰 전원을 끄고 무작정 버스에 올랐다.

막상 갈 데가 없었다. 수호가 생각났지만 의리파 수호가 내 편을 들어 줄 것 같지 않았다. 혜주는 연습실에 있을 시간이다. 이런 순간에 만날 친구도, 갈 곳도 없다는 것이 서글펐다.

창밖을 멍하니 보는데 일곱 살 어느 여름날이 떠올랐다. 동네 아이들이 우리 집 골목까지 언니를 따라오면서 놀렸던 날….

"병신이래요, 병신이래요, 우리 동네 병신이래요."

처음 들어 보는 말이지만 나쁜 말이라는 건 직감으로 알았다. 우두머리로 보이는 남자애가 언니 머리카락을 잡아당기며 낄낄댔다. 나보다 두 뼘은 더 큰 아이에게 달려들어 있는 힘껏 팔을 깨물었다. 순식간에 아이들이 흩어지고 언니와 나만 남았다. 그제야 겁이 났다.

나보다 세 살 많은 언니 손을 붙잡고 엄마가 있는 태권도장으로 달려갔다. 그곳에 가면 하얀 도복을 입은 엄마가 많은 아이를 지켜주고 있으니까. 그때까지 엄마는 나의 영웅이었다.

저녁 무렵 그 애가 자기 엄마를 앞세워 우리 도장으로 왔다. 엄마는 그 애가 언니에게 어떤 행동을 했는지도 모른 채, 몇 번이고 허리를 숙여 사과했다. '으뜸'이라고 쓰인 엄마의 등이 연거푸 숙어졌다. 엄마가 영웅이 아닐지도 모른다는 생각이 처음으로 든 날이었다.

그 애가 돌아가고 엄마는 아이들 뒤에 숨어 있던 나를 붙들고 사무실로 갔다. 엄마가 나를 벽에 붙이고 내 눈을 똑바로 보았다. 어떤 무서운 일이 일어나도 이상하지 않을 것 같았다. 나도 모르게 눈을 꾹 감았다. 생각보다 침묵이 길었다. 슬며시 눈을 떠 보니 엄마의 눈에 눈물이 고여 있다. 심지어 엄마가 나를 다정하게 바라

보고 있었다.

"언니 지켜 줘서 고마워…."

그 뒤에 엄마가 무슨 말을 했는지는 기억나지 않는다. 내 머릿속은 언니를 지켜 주는 영웅이 될 생각으로 가득 찼으니까. 언제까지나 언니를 지켜 주는 영웅이 되고 싶었는데, 나는 그 자리를 너무 일찍 포기했다.

열 살 생일, 난생 첫 생일 파티를 했다. 엄마 아빠는 열 살이 되면 생일 파티를 해 주겠다는 약속을 지켰다. 언니가 아닌 나를 위해 모든 것을 준비해 준 날이기도 했다. 현관에서 새로 산 원피스를 입고 친구들을 맞았다. 식탁에 모여 막 케이크에 꽂힌 초에 불을 붙이는데 외할머니와 함께 언니가 들어왔다. 두 시간은 데리고 있겠다고 장담했던 할머니는 30분 만에 집으로 들어왔다.

어디서 났는지 언니 손에 빨간 장미 한 송이가 들려 있었다. 나를 향해 꽃을 내밀던 언니는 내 앞에 놓인 케이크를 보고 곧장 돌진했다. 엄마 아빠가 말릴 틈도 없이 언니의 한 손이 케이크에 꽂힌 초를 잡아챘다. 그날 엉망이 된 케이크 앞에서 처음으로 언니의 장애를 진지하게 마주했다. 나는 언니를 지켜 주는 영웅이 될 수 없고, 다른 집 자매들처럼 우리는 평범하게 지낼 수 없다는 것을.

종점에 가까워지자 버스 안에 나밖에 없었다. 무턱대고 내렸다.

정류장에 있는 전광판을 보니 오후 5시였다. 언니와 헤어진 지 정확히 한 시간 반이 지났다. 핸드폰 전원을 이렇게 오래 꺼 놓은 적도 처음이다. 왠지 수백 통의 전화가 와 있을 것 같았다. 전원 버튼을 누르는데 괜히 가슴이 뛰었다.

부재중 전화도 메시지도 아무것도 온 게 없었다. 엄마의 새로운 작전인가 싶었다. 아빠마저 전화가 없는 것을 봐서는 오디션이 잘되는 모양이다. 아빠는 이번이 진짜 마지막이라며 엄마 몰래 유명 방송국에서 하는 오디션에 참가했다. 세상에 자기 목소리를 내 보지 못한 가수를 찾는 오디션이라고 했다. 아빠는 오래전 대학 가요제에 입상한 경력이 있는 가수다.

아빠는 내가 한 번도 가져 본 적 없는 꿈에 아직도 도전 중이다. 누가 그랬다. 어른이 된다는 건 포기를 잘하는 거라고. 그래서인지 모르겠지만 아빠보다 내가 더 어른스럽다고 느껴질 때가 있다. 나는 포기를 아주 잘하는 편이니까.

핸드폰 전원을 켠 지 30분이 지났다. 한 통의 전화도 메시지도 오지 않았다. 엄마가 어떤 마음으로 연락을 안 하는지 알 수가 없었다. 연락이 없으니 더 불안했다. 그렇다고 내가 먼저 하기는 싫었다. 언니를 두고 도망친 건 잘못이지만 나는 언니의 보호자가 아니다. 계속 그렇게 되뇌어도 마음 한구석이 찔리는 건 어쩔 수 없었다. 나는 언니의 가족이니까. 아무한테도 미안해하지 않기로 다짐하고 또 다짐했는데 후회의 빗성이 밀려들었다. 그러다가도 모든 세

구질구질하고 귀찮았다. 나는 왜 이런 집에 태어났을까.

드디어 핸드폰 진동이 울렸다. 엄마한테 뭐라고 말해야 할지 막막했다. 심호흡을 하고 핸드폰을 들었다. 불행인지 다행인지 엄마가 아닌 수호였다. 전화를 받자마자 수호가 소리쳤다.

"야! 미친 거 아냐? 너 누나 버리고 갔다며?"

내가 잠자코 있자 수호 목소리가 더 커졌다.

"이모 지금 경찰서에서 빌고 있어서 엄마가 선희 누나 데리고 왔어. 다른 사람도 아니고 어떻게 네가 누나를 버리고 가냐?"

"지긋지긋하니까! 네가 이 더러운 기분을 알아?"

속에서 불이 나는 것 같았는데 하필 수호가 걸리고 말았다. 한바탕 욕을 쏟아붓고 전화를 끊어 버렸다. 수호한테 너무 미안했지만, 욕이라도 쏟아 내고 나니 조금 후련해졌다. 나도 수호나 혜주처럼 어쩌다 한번 언니를 본다면 잘해 줄 수 있다. 문제는 언니와 나는 매일 같은 공간에서 살아야 하는 가족이라는 것이다. 겪어 보지 않은 사람은 절대 모른다. 우리가 겪는 억울함과 불편함을.

초등학교에 입학한 지 얼마 되지 않았을 때다. 아빠와 함께 데이트하기로 한 날이었다. 아빠와 막 분식집에 도착해서 떡볶이를 주문했는데 핸드폰 벨이 울렸다. 전화를 받은 아빠는 몇 번이고 죄송하다는 말을 반복하더니 내 손을 잡고 벌떡 일어났다.

"언니가 오늘 학교에서 문제가 있었대. 우리 데이트는 다음에 하

자. 진짜 미안, 지금 바로 학교로 가야 해."

내가 세상에서 제일 좋아하는 떡볶이가 막 나왔는데 일어날 수밖에 없었다. 허둥지둥 시동을 거는 아빠를 보며 조그맣게 중얼거렸다.

"나도 장애인이었으면 좋았을걸."

아빠가 갑자기 시동을 끄고 운전대에 얼굴을 묻었다. 아빠의 어깨가 들썩였다. 한참 뒤에 얼굴을 든 아빠가 나를 와락 끌어안았다.

"선우야, 이건 평생 기억해야 해. 엄마 아빠는 선우보다 언니를 더 사랑하는 게 아니야. 엄마 아빠는 선우도 소중하고 언니도 소중해. 다만, 언니는 엄마 아빠의 도움이 더 필요할 뿐이야. 엄마 아빠는 언니가 있어서 감사하고 선우가 건강해서 더 감사해… 미안하다, 우리 딸."

그 뒤로 나는 아빠 손을 잡고 놀이 치료 센터에 다녀야 했다. 엄마 아빠는 그 치료를 통해 내가 좋아졌다고 안심했다. 장애인이 되고 싶다는 말을 더는 안 했으니까. 아주 가끔 차라리 나한테 장애가 있었으면 싶을 때가 있다. 아무 고민 없는 언니가 나보다 더 행복해 보이니까.

이번에는 혜주한테서 메시지가 왔다. 어떤 때는 세상에 둘도 없는 친구이고 어떤 때는 못 견디게 질투 나는 친구. 그게 혜주다.

나 지금 연습 끝남. 어디?

벌써 수호한테 다 들은 모양이다. 수호, 혜주, 나는 군대 동기보다
도 끈끈하다는 산후조리원 동기들이다. 엄마가 나를 낳고 산후조리
원에 있을 때 우리 인연은 시작됐다. 문화센터부터 어린이집, 초등
학교까지 같이 다닌 끈질긴 인연이다. 중학생이 되고 우리는 처음으
로 헤어졌다. 수호는 야구부가 있는 학교로, 나와 혜주는 우리 동네
중학교로.

누군가 옆에 있었으면 싶었는데 막상 오겠다고 하니 귀찮았다. 애
들과 같이 집에 들어가는 게 좋을지, 혼자 가는 게 좋을지 계산해
봤다. 어차피 애들이 돌아가면 다시 현실과 맞닥뜨려야 하니까 혼
자 가는 게 나을 것 같았다.

이제 집으로 갈 거야.
걱정하지 마.

미안해.

도대체 뭐가 미안하다는 건지. 이러니 어른들한테 칭찬만 받지.
이번에는 아빠한테서 전화가 왔다. 엄마랑 통화가 된 모양이었다.
하지만 전화를 받지 않았다.

바로 아빠한테서 메시지가 왔다.

딸, 많이 놀랐지?
아빠 지금 경찰서로 가는 중이야.
아빠가 참 철이 없었다.
미안해 딸. 이따 집에서 보자.

엄마보다 더 다정한 아빠. 우리 집은 아빠가 우리의 양육과 집안일을 책임지고 있다. 엄마는 태권도 도장을 운영하느라 늘 바쁘다. 나는 그게 당연한 줄 알았는데 살림하는 아빠를 아직 주변에서 본 적이 없다. 언니의 모든 걸 챙겨야 하는 우리 집 특성상 맞벌이는 불가능하다. 그래서 아빠가 언니를 돌보는 일과 집안일을 맡았다.

이번에는 할머니한테서 전화가 왔다. 이런 소식은 정말 빠르게 전달되는 법인가 보다. 전화 받기를 거절하자 곧 메시지가 왔다.

독한 것.
집을 이 난리 만들고 어디서 뭐 해?
빨리 들어와.

외할머니한테 독하다는 소리를 듣는 애는 나밖에 없을 거다. 수호도 해주도 친할머니보다 외할머니를 더 좋아한다. 하지만 난 설대 아니다. 친할머니는 돌아가셔서 본 적이 없지만 왠지 아빠를 보면 상냥했을 것 같다.

눈치 없이 배가 고팠다. 기분이 안 좋을 때는 배고픔도 못 느껴야 하는 거 아닌가? 꼬르륵대는 소리까지 나니 처량하기 그지없었다. 그제야 갈 곳이 생각났다. 할머니의 절친이자 우리의 절친 은옥 할머니가 생각났다. 일단 버스에 올라탔다.

버스는 할머니의 자랑스러운 건물 앞 정류장에 멈췄다. 할머니는 10년 전쯤 우리 아파트 근처에 상가 건물을 지었다. 외할아버지가 오래전에 퇴직하면 농사를 짓겠다고 샀던 땅이 비싼 값에 팔렸기 때문이다. 외할아버지는 내가 아주 어릴 때 돌아가셔서 기억이 잘 나진 않지만 늘 웃으며 안아 주셨던 것 같다. 상냥할 것 같은 분들은 모두 돌아가시고 독한 할머니만 남은 셈이다.

할머니 건물 앞에서 잠시 주변을 살폈다.

"으뜸! 으뜸!"

아이들의 기합 소리가 정류장까지 쩌렁쩌렁 울렸다. 한때는 관장님인 엄마가 자랑스러울 때가 있었다. 아주 한때는.

1층 아이스크림 가게에도 할머니가 보이지 않았다. 건물 뒤 주차장에도 엄마 차는 보이지 않았다. 그제야 마음이 놓였다.

할머니 건물은 4층이다. 1층에는 은옥 할머니가 운영하는 퀼트 공방, 할머니가 직접 운영하는 무인 아이스크림 가게가 있다. 무인 아이스크림 가게인데 할머니는 거의 온종일 그곳에 앉아 있다. 뉴

스에서 계산하지 않고 물건을 훔쳐 간 도둑을 본 뒤로 말이다. 2층
에는 으뜸 태권도, 3층에는 한의원이 있다. 은옥 할머니는 이 건물
4층에 살고 있다. 4층 주인 세대는 할머니 집이고 평수가 작은 집
은 은옥 할머니가 살고 있다.

엘리베이터가 아닌 계단으로 달려 올라갔다. 옥상에서 내려오는
은옥 할머니와 딱 마주쳤다.

"아이고, 일 났다며?"

할머니 집에 들어가면 이상하게 마음이 편안해졌다. 은옥 할머니
가 물었다.

"밥은?"

나는 최대한 고개를 내저으며 불쌍한 표정을 지었다. 할머니는
부리나케 주방으로 가서 내가 가장 좋아하는 떡볶이를 만들었다.

"일단 먹어야지. 배부르면 혼나도 덜 아파."

순식간에 떡볶이 한 접시가 식탁에 놓였다. 은옥 할머니의 떡볶
이는 언제 먹어도 예술이다. 할머니가 나를 측은하게 바라보며 말
했다.

"인생이 늘 그래. 살 만하다 싶을 때 한 방씩 훅 들어와."

우리 할머니와 은옥 할머니의 차이점은 교양이다. 우리 할머니는
은옥 할머니가 고상한 척한다고 흉을 본다. 내가 보기에 은옥 할머
니는 원래 고상한 분이다. 은옥 할머니와 우리 할머니를 바꾸고 싶
다는 생각을 정말 많이 했다. 부질없는 상상이신 하지만. 그래도 아

무 때나 찾아올 수 있는 은옥 할머니가 있어서 참 든든하다.

"배를 채웠으니 책임지러 가야지."

은옥 할머니가 말했다. 내가 고개를 끄덕이자 할머니가 내 머리를 쓰다듬어 주었다.

"우리 선우, 예쁜 선우 얼마나 놀랐을까. 언니도 많이 놀랐을 거야. 언니 마음도 달래 주면 어떨까?"

언니 마음…. 내 마음만 생각하고 살면 얼마나 좋을까. 다른 누군가의 마음 따위는 신경 쓰지 않고.

갈수록 태산

문을 열고 들어가자 할머니와 언니, 수호, 수호 이모가 있었다. 언니는 젤리 봉지를 손에 꼭 쥔 채 바이올린 연주 영상을 보고 있었다.

오늘따라 할머니 머리 볼륨이 더 부자연스럽게 부풀려 있었다. 할머니는 머리숱이 정말 적다. 할머니는 그 적은 머리숱을 영혼까지 끌어올려 볼륨을 만들어 낸다. 인위적인 머리 스타일이 할머니를 더 사납게 보이게 한다는 걸 정말 모르는 것 같아 안타까웠다.

할머니는 나를 보자마자 소리를 질렀다.

"못된 것! 어떻게 언니를 버려?"

오늘은 누구에게도 지고 싶지 않았다.

"그러는 할머니는요? 옛날 내 생일 때 한 시간도 못 보고 언니 데리고 들어오셔서 생일 파티 엉망으로 만들었잖아요. 얼마 전에도 언니랑 한 시간도 같이 못 있겠다고 했잖아요!"

할머니가 부르르 떨었다.

"저, 저거 봐라. 쟤가 저렇게 못됐어. 수호야, 요즘 어른한테 대드
는 게 유행 아니지? 수호랑 혜주는 이렇게 예의가 바른데."

"제발, 비교 좀 하지 마세요!"

생각보다 소리가 크게 나와서 나도 조금 놀랐다. 아무렇지 않은
척 바닥만 보고 있는데 이번에는 할머니가 가슴을 치며 주저앉았
다. 이건 관객이 있을 때만 나오는 몸짓이다.

"아이고, 무슨 팔자가 남편 복에, 자식 복에, 손녀 복까지 없을까.
수호 엄마야, 내가 오죽 공주가 말을 안 들으면 너 같은 딸 낳아서
살아 보라고 악담했겠어. 그렇게 정석이 만나지 말라고 단식 투쟁
을 해도 결혼을 하잖니. 공주 그것도 저 닮은 딸 키우면서 속 좀 썩
어야지. 이름값도 못 하고 어휴. 공주처럼 살라고 공주라고 이름을
지었더니 지금 걔 팔자가 공주냐 무수리냐."

급기야 할머니는 억지 울음소리를 내기 시작했다. 텔레비전에서
좀처럼 눈을 떼지 않던 언니가 울음소리에 일어났다. 언니는 할머
니에게 다가가 다정하게 안아 주었다.

"할머니 불쌍해. 울지 마요."

언니 품에 안긴 할머니가 나를 째려보며 말했다.

"선희만도 못한 것."

수호 이모가 얼른 할머니를 데리고 주방으로 갔다. 언니는 언제

그랬냐는 듯 다시 소파로 가서 텔레비전을 봤다. 그제야 수호가 다가왔다.

"야, 나한테는 할 말 없냐?"

"어쩌라고."

수호가 핸드폰을 들이밀었다.

"다 녹음했다. 너도 들으면 소름 돋을걸. 어우, 웬 욕을."

"이씨, 핸드폰 내놔."

핸드폰을 뺏어서 녹음을 삭제했다. 수호는 우리 중 유일하게 핸드폰 잠금을 하지 않는 아이다.

주방에서 수호 이모가 속삭이듯 말하는 소리가 들렸다.

"요즘 애들은 자극하면 안 돼요. 선우가 말을 안 해서 그렇지 저도 얼마나 힘들겠어요."

할머니는 이모를 뿌리치고 주방을 나와서 나를 매섭게 노려보았다.

"나 갈란다. 수호 엄마야, 선희 데려와 줘서 고맙다. 내가 이 집에 있다가는 혈압 올라 죽을 것 같다."

할머니가 현관으로 가자 언니가 손을 흔들었다.

"존버 할머니, 안녕히 가세요."

할머니는 뒤도 안 돌아보고 문을 박차고 나갔다. 언니는 들고 있던 젤리를 입에 털어 넣고 주방으로 가서 과자를 찾았다.

"누나, 이제 그만 먹어. 다온 오빠가 안 예쁘다고 하면 어떡해."

수호가 언니에게 다가가 부드럽게 달랬다.

"다온 오빠, 다온 오빠…."

언니가 갑자기 빙빙 돌면서 주먹으로 머리를 치기 시작했다. 다온 오빠는 언니를 달랠 때마다 나오는 만병통치약 같은 이름이다. 언니와 같은 오케스트라 팀에 있는 오빠인데 이런 반응을 한 건 처음이다. 놀란 수호가 나에게 도움을 요청했다. 언니를 진정시키려고 언니 팔을 붙잡았다.

"라면 줄게! 짜장 라면!"

언니는 언제 그랬냐는 듯 식탁으로 가서 앉았다. 식탁에 앉아서도 양 검지를 부딪치며 다온 오빠 이름을 중얼거렸다. 수호 이모가 라면을 끓여서 언니 앞에 놓았다.

"우리 선희 오늘만 다이어트 쉬는 거야. 원래 이렇게 많이 먹으면 안 되는 거 알지?"

"네. 선희는 살을 빼서 날씬해질 겁니다."

언니는 아무것도 먹지 않은 것처럼 허겁지겁 라면을 먹었다. 수호가 이모를 불렀다.

"엄마, 선우 이모 전화야!"

통화를 끝낸 이모는 주섬주섬 가방을 챙겼다.

"엄마랑 아빠 거의 다 왔대. 선우 오늘 고생 많았다."

이모가 내 어깨를 살짝 토닥여 줬다. 이모의 손길이 따듯해서 울컥할 뻔했다. 수호는 이모 뒤를 따라가며 오른손을 들고 작게 "파이

팅"을 외쳤다.

현관문을 닫고 뒤돌아보니 언니가 그릇 바닥에 붙은 짜장을 긁어 먹고 있었다. 아무 일도 없었던 것처럼. 은옥 할머니가 말한 언니의 마음이 생각났다.

"아까 언니만 놓고 도망가서 미안해."

언니가 젓가락을 내려놓고 나를 가만히 보더니 고개를 끄덕였다. 그러고는 씨익 웃었다.

"선희도 미안해."

언니가 주머니에서 작은 쪽지를 꺼내서 주었다. '용산경찰서'라고 쓰인 메모지에 언니의 편지가 쓰여 있었다. 언니는 어릴 때부터 가족들한테 사과 편지를 잘 썼다. 경찰서에서 엄마를 기다리며 쓴 모양이었다.

선우야, 선희가 미안해.
선우랑 같이 버스 기다리지 않고 혼자서 버스 기다리다가
모르는 언니 얼굴 때려서 미안해.
큰 소리로 욕해서 미안해.
선우야, 사랑해.

할머니는 언니의 사과 편지를 받을 때마다 혀를 찼다.

"밀쩡할 때는 이렇게 멀쩡한데…."

언니를 처음 본 사람들은 일반 아이 같다고 말하기도 한다. 그럴 때마다 우리 가족은 쓴웃음을 짓는다. '일반'이라는 말이 언니와 가장 안 어울리는 말이란 걸 알기 때문이다.

현관에서 비밀번호 누르는 소리가 들렸다. 언니는 토끼처럼 폴짝 폴짝 뛰며 현관으로 달려 나갔다. 아빠가 기타를 메고 들어왔다. 엄마는 도장으로 바로 갔는지 아빠 혼자였다. 다행이다. 엄마를 보고 어떤 표정을 지어야 하나 걱정했는데. 아빠는 언니를 보자마자 끌어안고 눈물을 글썽였다.

"우리 딸, 오늘 무서웠지?"

그러고는 나한테도 팔을 벌렸다. 내가 언니처럼 달려가지 않을 걸 알면서도 아빠는 늘 그렇다.

"오디션은?"

"일단, 70명 안에 들어갔어. 어쩌면 텔레비전에 출연할지도 몰라. 어린 친구들이 많더라. 다들 너무 잘해. 근데 아빠도 잘할 거야."

아빠는 잘할 거라는 말을 힘주어서 했다. 다른 때보다 아빠 얼굴이 생기 있어 보였다. 어딘지 낯설기도 하고 걱정되기도 했다. 늘 아빠가 들뜬 순간에 안 좋은 연락이 왔으니까. 곧 나올 것 같은 앨범도 사기였고, 아빠가 녹화하고 왔다는 프로그램에서도 편집됐으니까.

"선우야, 많이 놀랐지? 오늘 진짜 십년감수했다. 언니가 요즘 너무 괜찮았잖아. 지난주에 예행연습 시킬 때 너무 잘해서 마음 놓고 맡

긴 건데. 미안하다. 오케스트라 선생님이랑 통화했는데 오늘 다온이
가 뇌전증을 일으켰대. 언니가 그걸 보고 충격을 받았나 봐."

"아, 갑자기 경련 일으키면서 쓰러지는 거?"

아빠가 고개를 끄덕이며 한숨을 내쉬었다.

"딸, 문제가 생겼어."

내가 쳐다보자 아빠가 더 깊은 한숨을 내쉬었다.

"그 여자분이 마음이 많이 상했어. 혼쭐내고 싶대."

"언니를?"

아빠가 고개를 내저으며 한숨을 내쉬었다.

"우리 다. 장애인인 선희를 혼자 내버려 둔 우리 모두."

무슨 소린지 대체 알아들을 수가 없었다.

"뭘 어떻게 혼쭐낸다는 거야?"

"진심 어린 사과를 받고 싶대. 자기도 사과받을 준비를 하겠대.
진심이 느껴지면 고소를 취소한다는데."

갈수록 태산이다. 엄마 아빠가 경찰서에 가서 사과하면 끝나는
줄 알았다. 진심이 담긴 사과라니, 내가 제일 못하는 걸 요구하고
있다. 진심이라는 말만 들어도 오글거리는데.

"엄마는 뭐래? 아빠 많이 혼났어?"

언니가 갑자기 끼어들었다.

"우리 아빠 혼내면 안 돼. 혼나면 불쌍해."

아빠가 언니의 등을 토닥여 주었다.

"미안하대. 몰래 오디션 보게 해서. 엄마가 울더라. 너한테도 미안하다고."

엄마를 울게 하고 싶지는 않았다. 엄마는 늘 남몰래 우는 사람이니까. 장애가 죄도 아닌데 엄마 아빠는 늘 움츠러들어 살고 있다. 언니가 돌발 상황을 일으킬 때마다 엄마 아빠는 다른 사람들에게 이해를 구해야 했다. 언니를 전염병 환자 취급하거나 범죄자 취급하는 사람들을 보면 참을 수 없는 분노가 생겼다. 힘이 센 사람이 돼서 그런 사람들을 모조리 무찌르고 싶었다. 그런데 오늘 나는 그들과 다를 바 없었다. 아니 그들보다 더한 행동을 했다. 언니가 부끄러워서 혼자 도망쳤으니까. 할머니와 수호 말고는 나를 비난하는 사람도 없다. 내 눈치까지 봐야 하는 엄마 아빠가 불쌍했다. 그러나 마음과 달리 나는 자꾸만 모난 돌처럼 가족들을 찌르고 있다.

아빠는 곧장 저녁을 준비했다. 언니는 소파에 앉아 좋아하는 만화를 보았다. 아무 일도 없었던 것처럼. 저렇게 바로 자기 세계로 들어가는 언니가 때로 부럽다.

저녁 8시, 어김없이 현관문 비밀번호 누르는 소리가 들렸다. 곁눈질로 엄마의 표정을 살폈다. 엄마는 평소처럼 "으뜸"을 외치지 않고 힘없이 신발을 벗었다. 엄마는 동네 어디에서도 도장에 다니는 아이들을 만나면 엄지를 치켜들고 "으뜸"을 외친다. 태권도장에서 "으뜸"은 인사이자 기합을 넣을 때 내는 추임새다. 엄마는 우리를 보지도 않고 곧장 화장실로 들어갔다.

다 같이 식탁에 모여 앉았다. 엄마는 울었는지 눈이 많이 부어 있었다.

엄마가 언니를 보며 물었다.

"선희, 오늘 뭘 잘못했지?"

언니가 천장을 보며 생각하는 척을 했다. 이건 진짜 잘못한 일이 있을 때 하는 언니의 행동이다.

"모르는 언니 얼굴 때렸습니다. 불쌍합니다."

"미안하다고 해야지."

이번에는 엄마가 나를 보며 물었다.

"선우는?"

"알잖아요."

아빠가 얼른 나섰다.

"당신 몰래 선우한테 선희 맡긴 거 정말 미안해. 오디션 또 떨어지면 면목 없어서 몰래 보러 간 거야."

"나도 미안해, 모두한테. 저녁 차려 줘서 고마워요."

엄마는 항상 아빠한테 고맙다는 말로 식사를 시작한다. 아직 엄마 아빠가 큰 소리로 싸우는 걸 보지 못했다. 문득, 나는 누굴 닮아서 못된 걸까 생각했다. 할머니가 생각나자 얼른 고개를 내저었다.

밥을 먹고 아빠가 언니를 일으켜 세웠다.

"선희야, 이제 바이올린 연습하자."

"나중에. 선의 오늘 피곤합니나."

언니는 경찰서 핑계로 연습을 안 하고 싶은 눈치였다.

침대에 누워서 오늘 하루를 돌아봤다. 언니가 불안해하며 앞으로 갈 때 따라갈걸, 너무 후회됐다. 별안간 고소를 취소하지 않으면 어떻게 되는 건지, 오만 가지 생각이 다 들었다. 아무리 아니라고 되뇌어도 오늘 언니의 보호자는 나였으니까 내가 책임져야 할 것 같았다.

그때 아빠가 방문을 열고 빠끔히 얼굴을 내밀었다.

"선우야, 잠깐만 나와 봐."

거실로 나가자 테이블 위에 A4용지 네 장이 놓여 있었다. 엄마가 볼펜을 종이 위에 하나씩 놓으며 말했다.

"아무리 생각해 봐도 진심 어린 사과는 편지밖에 없는 것 같아."

아빠가 생각에 잠긴 듯 고개를 끄덕였다.

"수호 형님 말처럼 합의금을 원하는 건 아니겠지? 근데 아까 당신이 무릎 꿇으려고 할 때 당황한 거 보면 진심 어린 사과를 받고 싶은 게 맞는 것 같아. 그렇지?"

"당신 오기 전에 경찰이 합의금 원하는지 물어봤어. 아니래. 사람 많은 데서 난생처음 느닷없이 뺨을 맞았는데 얼마나 황당하고 기분 나쁘겠어. 내가 무릎 꿇는 건 자기를 더 불편하게 하는 거라고 했잖아. 생각할수록 맞는 말 같아. 무릎 꿇는 사과가 쉬워 보일 수도 있어. 편지로 마음을 전해 보자. 진심으로 미안하다고. 어때?"

돈 얘기까지 나오자 진짜 큰일이다 싶었다. 작년에 수호가 어떤 패거리와 싸운 적이 있었다. 불의를 못 참는 버릇 때문에 생긴 싸움이었다. 그때 수호가 상대편 애 팔을 부러뜨려서 합의금을 많이 냈다는 말이 생각났다. 우리 집 경제 상황은 뻔한데. 합의금이 많이 나올까 봐 덜컥 걱정됐다. 내가 언니를 조금만 편안하게 해 줬어도 이런 일은 일어나지 않았을 거다. 나라도 정류장에서 모르는 사람한테 뺨을 맞으면 쪽팔리고 황당할 것 같았다. 아무리 장애인이라고 할지라도….

"쓸게."

종이와 펜을 들고 방으로 들어왔다. 맨 위에 '사과문'이라고 쓰고 나자 다른 말이 떠오르지 않았다. 볼펜을 만지작거리다 문득 언니의 하루를 생각해 보았다. 늘 정해진 루틴대로 움직여야 하는 언니인데 오늘은 아빠 대신 나였고, 다온 오빠의 뇌전증에 버스마저 늦어졌다. 언니의 루틴이 모두 깨진, 변수의 변수를 만난 날인 셈이다. 새삼 언니의 힘듦이 나에게 전해졌다. 무엇보다 힘들어도 힘들다는 표현을 할 줄 모르는 언니를 생각하니 미안해졌다. 진심으로….

사과문

안녕하세요. 저는 이선희 언니의 동생 이선우입니다. 정류장에서 갑자기 언니한테 뺨을 맞은 거, 정말 죄송합니다. 아마 저와 언니의 상황이 바뀌었다면 언니는 절대 저를 버리고 도망가지 않았을 거예요. 오늘, 딱 한 번 아빠가 지친데 언니를 부탁했는데, 언니가 갑자기 모르는 사람 뺨을 때리는 상황이 당황스럽고 무서웠습니다. 그래서 도망치고 말았습니다.

이번 일은 엄마 아빠의 잘못이 절대 아닙니다. 혹시 고소하고 싶으시다면 저를 고소해 주세요. 엄마 아빠는 평소에 언니를 정말 잘 돌보고 있습니다. 언니가 낯선 사람을 때린 적도 처음입니다. 꼭 용서해 주셨으면 좋겠습니다. 그리고 언니를 두고 도망친 저도 용서해 주세요. 제가 언니 옆에 있었다면 낯선 사람을 때리는 일은 없었을 거예요.

언니에게 일이 생기면 엄마 아빠는 사과하러 다니느라 바쁩니다. 오늘 일은 저 때문에 생긴 일입니다. 부디, 고소를 취소해 주시면 좋겠습니다. 진심으로 죄송합니다. 이 사과를 꼭 받아 주셨으면 좋겠습니다.

정말 죄송합니다.

태어나서 처음으로 사과문을 썼다. 거실에 나가 아빠한테 사과문을 내밀었다.

"내가 할 수 있는 최선이야."

"고마워."

엄마 아빠가 동시에 말했다. 고맙다는 말을 들어도 되는 건가 싶었다.

좀 꺼져 줄래?

일주일이 어떻게 지나갔는지 모르겠다. 다행히 우리 가족의 사과
문은 잘 전달되어서 고소를 취소했다는 연락을 받았다. 아빠는 이
른 아침부터 3차 오디션을 보러 방송국으로 갔다. 엄마와 언니는
교회 갈 준비를 마치고 식탁에 앉았다.

언니가 갑자기 아침을 먹으며 말했다.

"선우야, 우리 같이 가자. 교회."

엄마가 언니를 달랬다.

"선희야, 오늘 다온 오빠도 올 수 있대. 선우는 오늘 약속 있으니
까 다음에."

다온 오빠 얘기가 나오자 언니가 발을 동동 구르며 좋아했다.

"다온 오빠 좋아! 다온 오빠 착해! 온유도 착해."

작년 크리스마스 공연 때, 처음으로 다온 오빠의 동생을 봤다.

듣던 대로 반듯해 보이는 아이였다. 언니를 버리고 도망치는 나와 달리 형을 애지중지 대했던 그 아이. 설마 언니가 날 그 애랑 비교하려고 말한 건 아니겠지.

눈치 없이 언니가 계속 졸라 댔다.

"선우야, 나 오늘은 아무도 안 때릴 거야. 선우랑, 선우랑, 선우랑…"

또 시작이다. 언니가 한번 고집을 부리면 막을 자가 없다. 엄마가 도움의 눈길로 나를 바라보았다.

"알았어! 간다, 가!"

엄마가 믿기지 않는 듯한 얼굴로 나를 보았다.

"애들 만나기로 했잖아. 괜찮아?"

"오후에 보자고 할게."

대충 세수하고 언니를 따라나섰다.

엄마는 일요일마다 한 시간 반씩 운전해서 교회에 간다. 어릴 때는 엄마를 따라 몇 번 다녀 보기도 했다. 차가 막히면 왕복 네 시간도 넘게 걸리는 이 거리를 엄마는 계속 고집했다.

역시나 서울에 들어서자 차가 거북이처럼 움직였다.

"언제까지 여기 다닐 거야? 은옥 할머니처럼 집 앞에 있는 교회다니면 좋잖아."

엄마가 백미러로 나를 보며 미소를 지었다.

"이렇게 다양한 장애가 있는 사람들이 모여 있는 것만으로도 위로가 되잖아."

맨 처음 사랑부 예배를 따라갔던 날이 떠올랐다. 다양한 장애가 있는 사람들을 보고 어떤 표정을 지어야 할지 모르는 나에게 엄마는 조용히 속삭였다.

"그냥, 보면 돼."

그냥, 수호나 혜주를 보듯 그렇게 보기는 힘들었다. 언제쯤 얼지 않고 엄마처럼 그냥 볼 수 있을지….

언니는 조수석에 앉아 창밖을 바라보며 노래를 흥얼거렸다. 언니의 뒷모습을 그냥 바라보았다. 내가 절대 가질 수 없는 흥을 잔뜩 실은 언니의 몸짓을 보며 마음으로 속삭였다.

'존버해라 언니야. 끝까지 존버하자.'

교회에 도착하자 언니는 주머니에 손을 넣고 걸었다. 아무도 때리지 않겠다는 의지 같았다. 열다섯의 나에게 고소장을 알게 해준, 참 특별한 언니임이 틀림없다. 고소의 제공자도 언니요, 고소를 취소하게 된 결정적인 역할도 언니였다. 언니는 사과 편지와 함께 연주 동영상을 보냈다. 바이올린을 들고 카메라를 향해 공손하게 인사한 언니는 'Amazing grace'를 연주했다.

언니는 연주가 끝나고 특유의 미소를 지으며 말했다.

"날아가도 괜찮아요!"

아빠는 몇 번이고 그 말의 뜻이 무엇인지 언니에게 물었다. 언니는 쑥스러운 듯 검지를 입에 대고 "쉿" 하고 가 버렸다. 더 이상 묻지 말라는 뜻이다.

언니의 연주를 들을 때 나는 언니를 똑바로 보지 못한다. 바이올린을 연주할 때만 나오는 언니 특유의 표정과 몸짓이 자꾸 나에게 질문을 하는 것 같아서.

고소인은 언니의 연주 동영상을 보고 고소를 취소했다. 그리고 다음 날, 우리 집에 언니가 제일 좋아하는 젤리 한 상자가 도착했다. 어마어마하게 큰 상자였다. 고소 사건이 이렇게 훈훈하게 마무리될 거라고는 상상도 못 했다. 오늘 교회를 따라온 건 고소를 취소하게 한 언니에게 주는 내 선물인 셈이다.

예배실 앞에 가자 언니는 다온 오빠를 부르며 먼저 들어가 버렸다. 엄마는 입구에서 사람들과 인사하기 바빴다. 예배가 시작되려면 30분이나 남았는데 대부분 우리 엄마처럼 교회에 일찍 왔다. 엄마가 지갑에서 카드를 꺼냈다.

"이걸로 카페 가서 뭐 먹고 있어. 끝나면 전화할게."

교회 맞은편에 있는 카페로 갔다. 자몽 에이드를 시키고 자리에 앉았다. 잠시 뒤 진동벨이 울렸다. 카운터에 자몽 에이드가 각각 한 잔씩 쟁반에 놓여 있었다. 쟁반을 들고 돌아서다 다른 손님과 어깨를 부딪쳤다. 깜짝 놀라 상대방을 처다보니 다온 오빠의 동생, 그 애였다. 그 애가 반갑게 알은체했다.

"우리 아는 사이 맞지?"

그 애는 나와 똑같은 자몽 에이드를 들고 자연스럽게 내 자리로 왔다.

"작년 크리스마스 공연 때 내 이름 말했는데 기억나?"

이렇게 넉살 좋은 애인지 몰랐다. 내가 어리둥절 쳐다보는 사이 그 애는 자몽 에이드를 한 모금 마시고 여유롭게 자기소개를 했다.

"온유야. 김온유. 네 이름도 알아. 이선우."

전혀 알고 싶지도, 알아 가고 싶은 마음도 없었다.

"난 너랑 합석할 마음 없는데. 좀 꺼져 줄래?"

그 애가 잠시 머뭇거리다 말했다.

"나 너 봤어. 지난주에, 교회 정류장에서."

얼굴이 확 달아올랐다. 도둑질하다 들킨 기분이 이런 기분일까.

"너 뭐야? 뭔데 와서 친한 척이야?"

자리를 박차고 일어났다. 그 애도 따라 나왔다.

"친한 척이 아니고 친하게 지내자는 거야."

"꺼져!"

이번에는 그 애가 아예 내 옆에 바짝 붙어 따라왔다.

"예상했지만 역시, 세다. 실은 내가 목적이 있어서 그래. 잠깐만 얘기하자."

"아, 내가 네 타입이야? 어쩔, 난 너 완전 밥맛인데."

그 애가 나를 붙잡아 세웠다.

"미안한데, 너한테 이성적 관심은 없어. 실은 오늘 너희 엄마한테 네 연락처 물어보려고 했어. 근데 네가 뿅 하고 나타난 거야."

무슨 말을 지껄이는지 알아들을 수가 없었다. 갑자기 그 애의 표정이 진지해졌다.

"모임을 만들고 싶어서. 장애인에 대한 편견을 깨는 모임을 만들고 싶어서. 혼자는 아무것도 안 돼서 동지를 찾고 있어."

무슨 말을 하고 싶은지 들어야 할 것 같았다. 그 애가 가리킨 벤치를 잠시 내려보다 털썩 앉았다.

"그날 우리 형이 이벤트, 아니 뇌전증으로 쓰러진 거 알지? 우리는 그걸 이벤트라고 해. 엄마가 그날 일이 있어서 내가 형을 데리고 왔거든. 원래 시간이 좀 지나면 괜찮아지는데 그날은 형이 좀 많이 안 좋았어. 이제는 적응될 법도 한데 그걸 보기가 참 어려워. 구급차를 타고 보호자로 따라갈 용기가 안 나더라. 그래서 선생님이 나 대신 구급차에 타 주셨어. 구급차를 보내고 정류장에서 멍하니 있다가 너를 본 거야."

그날 내 모습을 저 애가 보고 있었다니, 입 밖으로 욕이 나오려는 걸 간신히 참았다. 이래서 인생은 잘 살아야 하나 보다.

"그래! 나 우리 언니 버리고 도망쳤다. 근데 뭐. 어쩌라고!"

그 애가 나긋나긋한 목소리로 말했다.

"나도 안다고, 네 마음. 그래서 우리는 동지가 될 수 있겠더라고. 당장 뭘 어떻게 하자는 건 아닌데 모임을 만들고 싶어. 그냥 뭐든

해 보고 싶어. 장애인에 대한 지긋지긋한 편견을 하나씩 깨 보고 싶어."

"내가 이 세상에서 제일 싫어하는 게 동아리 모임이야. 그래서 취미도 안 갖는 사람이야."

"그러니까 지금부터 생각해 보라고. 이게 내 전화번호야. 저장해 줘."

그 애는 내 손에 종이를 하나 쥐여 주고 돌아섰다. 갑자기 머리가 아팠다. 절대 들켜선 안 될 사람에게 큰 약점을 들킨 기분이었다. 그 애가 건물 뒤로 사라진 뒤에야 반으로 접힌 종이를 펼쳐 보았다. 긴 머리에 웃고 있는 여자 그림이 있고 그 밑에 또박또박 적힌 편지가 있었다.

세상에서 제일 예쁜 우리 엄마
아무한테나 사과하지 마세요.
엄마는 나의 소중한 엄마니까요.
2학년 3반 김온유 올림

소름이 돋았다. 나도 언젠가 비슷한 편지를 써서 엄마 도복에 넣어 뒀었기 때문이다. 정말 이상한 애다. 어쩌다 저런 애랑 엮이게 됐는지 모르겠다. 반으로 접은 종이 끄트머리에 전화번호가 보였다. 송이를 다시 접어서 가방에 넣었다.

엄마한테 먼저 간다는 메시지를 보냈다. 교회 근처에 1분 1초도 있고 싶지 않았다. 그 애를 다시 마주칠까 봐 겁이 났다. 집으로 가는 버스를 탔다. 수호와 혜주가 함께 있는 대화방에 메시지를 남겼다.

나 좀 일찍 도착할 것 같은데.
미리 만날까?

수호가 먼저 대답했다.

에이씨, 감독님 호출로 학교 가고 있어.
너희 먼저 만나고 있어.

혜주도 곧 답을 했다.

난 좋아.
너 도착 시간 맞춰서 나갈게.

수호는 야구부라 감독님 호출이 자주 있다. 운동하는 수호는 이걸 숙명이라고 했다.

부디 무사히 돌아오너라.

수호에게 위로의 메시지를 보냈다.

자꾸 그 애가 생각났다. 고개를 세차게 내젓고 창밖을 내다보았다. 그냥 아무 생각 없이 있고 싶은데 자꾸 그 애의 말이 떠올랐다.

'나도 안다고. 네 마음.'

나도 모르게 혼잣말이 나왔다.

"웃겨, 너 따위가 알긴 뭘 알아."

매일 언니에게서 도망치고 싶은 마음, 스무 살만 되면 우리 집에서 가장 먼 곳으로 독립하고 싶은 내 마음을 절대 모른다. 하루하루 내가 얼마나 존버 중인지 아무도 모른다. 이런 은어는 우리끼리만 쓰는 말인 줄 알았는데 할머니도 주식을 하면서 이 말을 썼다. 할머니가 주식을 팔면 그 주식이 오르고 할머니가 사면 가격이 내려가서 할머니는 맨날 존버 중이라고 했다. 언니는 그 말을 들은 날부터 할머니를 '존버 할머니'라고 불렀다. 문득, 안 좋은 건 다 할머니와 비슷하다는 생각이 들었다. 뇌에도 리모컨이 있다면 일시 정지 버튼을 누르고 싶었다.

정류장에 내리자 혜주가 손을 흔들었다. 우리는 곧장 햄버거 가게로 갔다. 각자 좋아하는 메뉴를 시켜서 순식간에 해치우고 멍하니 창밖을 보았다.

"너도 내가 잘못했다고 생각하지?"

화들짝 놀란 혜주가 고개를 내저었다.

"절대로 아냐. 너 힘들었을 것 같아. 그날."

이래서 나는 혜주를 질투한다. 나한테서 절대 찾아볼 수 없는 착한 마음이 혜주에게 있다.

아씨, 오늘 아무래도 늦을 것 같다.

너네끼리 놀아.

수호 메시지에 우리 둘 다 고개를 끄덕였다. 왠지 그럴 것 같은 예감이 적중했기 때문이다. 우리는 주말마다 만나서 밥 먹고 수다 떨고 멍때리다 헤어진다. 가끔 은옥 할머니 집에서 종일 뒹굴 때도 있다. 은옥 할머니는 누구의 할머니도 아닌데 우리를 친손자들처럼 대해 주신다. 할머니의 하나뿐인 아들과 그 가족은 프랑스에 살고 있다. 은옥 할머니 때문에 프랑스를 일찍 알게 되었다. 이국적인 풍경의 사진들을 볼 때면 늘 마음이 설렜다. 나는 그 사진들을 보며 나의 멋진 독립을 꿈꾸곤 한다.

혜주랑 멍하니 창밖을 보고 있는데 엄마한테서 전화가 왔다.

"애들이랑 있지? 아빠 전화 왔는데 오디션 3차 합격했대. 드디어 텔레비전에서 아빠 노래를 들을 수 있게 됐어. 들어올 때 케이크 하나 사 올 수 있지? 아빠 축하해 주자."

얼떨결에 대답하고 전화를 끊었다. 아빠가 텔레비전에 나온다니 이게 좋은 일인지 잘 모르겠다. 내 인생의 목표가 조용히, 또 조용히 사는 건데 아빠가 텔레비전에 나온다니. 솔직히 아빠가 여기까지 올 줄 몰랐다. 평소처럼 문턱에서 떨어지겠지 했는데, 대반전이 일어났다.

케이크를 들고 집에 들어가자 언니가 방방 뛰며 좋아했다. 케이크에 꽂은 촛불을 열 번 이상 꺼야 직성이 풀리는 언니니까. 엄마가 유일하게 잘하는 김치전을 부치며 말했다.

"이따 할머니 오실 거야!"

"헐, 아빠 텔레비전 나온다고?"

"좋으신가 봐. 할머니가 한우 사 오신대."

역시 할머니다웠다. 남자가 집에만 있다고 구박할 때는 언제고 텔레비전에 나온다니까 좋은가 보다.

"참! 오늘 다온이 엄마가 네 전화번호 물어봐서 알려 줬어. 다온이 동생 기억나지? 너한테 물어볼 거 있다고 해서."

종일 애를 쓰며 지우려고 했던 이름이 순식간에 머릿속에 가득 찼다.

"왜 물어보지도 않고 연락처를 가르쳐 줘? 이상한 애면 어떡할 거야? 엄마가 맨날 요즘 세상 험하다고 아무나 만나지 말라며!"

당황한 엄마가 가스레인지 불을 끄고 내 앞으로 다가왔다.

"아니, 온유 누구보다 괜찮은 거 엄마가 보증하지. 부모님까지 내가 잘 아니까 알려 준 거지. 엄마도 오늘 처음 들었는데, 온유가 초등학교 때 다온이 때문에 따돌림당하고 많이 힘들었대. 그래서 다온이네 엄마 아빠가 새벽 기도를 시작한 거래. 작년부터 좋아지기 시작했대. 온유가 그 일을 통해서 단단해졌다고 하더라. 얼마나 다행이니. 잘 이겨 냈으니."

이건 또 무슨 소린지. 그렇게 당차 보이는 아이가 따돌림당했다는 게 믿기지 않았다. 그것도 장애가 있는 형 때문에 따돌림당하다니. 내 마음에 날 선 어떤 것이 툭 떨어지는 것 같았다.

아빠 그리고 우리

"선희야!"

할머니가 큰 소리로 언니를 부르며 들어왔다. 할머니는 혼자 오기 어색했는지 은옥 할머니와 함께 왔다. 나는 고개를 꾸벅 숙여 인사를 했다. 나와 달리 언니는 반갑게 달려가 할머니들을 안아 주었다.

은옥 할머니가 장바구니에서 채소를 꺼내며 말했다.

"느이 아빠가 이제야 빛을 보나 보다."

언니는 할머니 옷을 붙든 채 물었다.

"존버 할머니, 오늘도 존버예요?"

할머니는 눈살을 찌푸리며 고개를 끄덕였다.

"맨날 존버지. 내 거 빼고는 다 올라. 이놈의 주식판!"

언니는 맞장구를 치듯 흔겹게 읽혔다.

"이놈의 주식판!"

은옥 할머니는 채소를 들고 곧장 주방으로 들어갔다. 할머니가 식탁에 놓인 고기를 가리키며 큰 소리로 말했다.

"최상급이야. 이 서방 오면 바로 굽자."

"이 서방? 정석이?"

언니가 고개를 갸웃거리며 할머니를 보았다. 할머니는 항상 아빠를 이름 그대로 '정석'이라고 불렀다. 아주 오래전에 이 서방이라는 호칭을 들은 적이 있다. 아빠가 곧 앨범을 낼 거라는 말에 할머니는 잠깐 '우리 이 서방'이라고 했다. 혜주 아빠도 수호 아빠도 아빠를 '선희 아빠'라고 불렀다. 엄마한테는 '김 관장'이라고 하면서. 아빠는 한 번도 호칭에 대해 억울해하지 않았다. 듣는 내가 욱할 뿐이지.

은옥 할머니가 샐러드 접시를 식탁에 올렸다. 언니는 배가 고픈지 아빠한테 전화를 걸었다. 아파트 정문이라는 말에 엄마가 서둘러 불판을 준비했다. 아빠가 주인공인 상황이 어색하기만 했다.

"저 왔습니다."

기타를 멘 아빠가 멋쩍게 웃으며 들어왔다. 아빠도 자신이 주인공인 상황이 몹시 어색해 보였다. 아빠는 기타를 내려놓자마자 주방으로 갔다.

아빠가 엄마한테서 집게를 뺏으려 하자 엄마가 아빠를 식탁으로 밀었다.

"앉아 있어. 소고기야. 금방 익어."

언니가 아빠 손을 잡아끌며 물었다.

"이 서방 텔레비전에 언제 나와?"

할머니도 아빠 옆으로 슬쩍 갔다.

"너는 아빠한테 이 서방이 뭐야. 근데 자네 진짜 이선희 봤나?"

아빠가 머리를 긁적이며 멋쩍게 웃었다.

"저도 이런 날이 올 줄 상상도 못 했는데 진짜로 봤습니다. 심사위원 자리에 앉아 있더라고요."

할머니는 고개를 끄덕이며 만족스러운 표정을 지었다.

"아직 사진은 못 찍었지?"

엄마가 고기 접시를 놓으며 일부러 큰 소리로 말했다.

"고기 식어요. 빨리 드세요."

"그래, 아직 같이 사진 찍기 이를 수 있지."

할머니는 혼잣말을 하며 식탁에 앉았다.

"잘 먹겠습니다."

언니는 배가 고팠는지 제일 먼저 젓가락을 들었다. 할머니가 목을 가다듬고 말했다.

"오늘은 우리 집안에 뜻깊은 날이야. 자네는 열심히 해서 1등을 해 버리고, 공주 너는 정석이 아니 이 서방 내조 잘하고. 너희도 아빠 연습에 집중할 수 있게 방해하지 마. 참, 첫 방송이 언제지?"

아빠가 쑥스러운 듯 머리를 긁적였다.

"다음다음 주 목요일 밤 10시예요. 근데 기대하지 마세요."

은옥 할머니가 말했다.

"무슨 소리야. 기대해야지. 고기 다 식겠네."

할머니가 큼지막한 고기 한 점을 집어서 아빠 그릇에 놓았다. 아빠는 당황한 얼굴로 할머니와 고기를 번갈아 보기만 했다. 할머니의 갑작스러운 친절에 아빠가 체할까 걱정이 됐다.

두 할머니가 돌아가고 우리 가족만 남았다. 언니가 기타를 들고 와서 아빠한테 건넸다.

"아빠, 노래해 봐."

엄마가 기타를 도로 뺏으며 말했다.

"다들 방으로 가자. 아빠도 쉬어야지."

침대에 누워서 핸드폰으로 음악을 들었다. 아직도 하루가 다 안 지나갔다는 사실이 신기했다. 그 애를 만났던 아침이 아주 오래된 일 같았다. 핸드폰 메시지 알람이 울렸다. 모르는 번호였다.

나야 온유. 이 번호 꼭 저장해 줘.

당장 뭘 하자는 건 아니니까 부담 갖지 마.

이건 내 블로그 주소. 심심할 때 와서 봐.

선희 언니는 자폐스펙트럼, 다온 오빠는 지적장애…, 우리가 뭘 할 수 있을까.

깜빡 잠이 들었다 깼다. 시계를 보니 12시가 넘었다. 거실로 나가자 주방 보조 등이 켜져 있었다. 아빠가 식탁에 엎드린 채 자고 있고 식탁 위에 노트북과 책들, 악보가 놓여 있었다.

노트북 화면에 '시나브로 카페'가 보였다. 발달장애 부모들의 모임인 이 카페는 아빠가 만든 것이다. 컴퓨터 화면 중앙에 네모난 상자가 떠 있고, 마우스 커서는 '저장' 위에 멈춰 있었다. 아빠가 올릴까 말까 고민 중인 글을 조심스럽게 읽어 보았다.

지난번 우리 집 둘째 사과문 보시고 많은 댓글 남겨 주셔서 감사합니다. 잘 키웠다는 칭찬은 과찬이십니다. 서툰 저에게 온 우리 두 아이가 그저 잘 자라 줘서 감사할 뿐입니다.

여러분께 고백하고 싶은 일이 있습니다. 그날 제가 첫째를 둘째에게 맡겼던 이유는 제가 otbc에서 하는 〈싱 투게더〉 오디션에 아내 몰래 도전해서 그랬습니다. 다 포기하고 아이들과 아내만 생각하자, 그렇게 살아왔습니다. 그런데 어느 날부터인가 자꾸 뒤를 돌아보는 저를 보게 됐습니다. 우연히 오디션 광고를 보는 순간 알았습니다. 아직 제 안에 두근거림이 남아 있다는 것을요. 이기적으로 보일지 모르지만 다시 한번 이 두근거림을 따라가 보기로 했습니다.

저는 71호 가수로 나올 겁니다. 어쩌면 첫 출연이 마지막일 수 있지만, 같은 마음으로 서로의 아이를 아껴 주는 여러분들과는 이 소식을 나누고 싶었습니다. 주제넘을 수 있지만 이 글을 읽는 분 중에 무엇에든 두근거림이 있다면 저를 보고 용기 내셨으면 좋겠습니다. 내가 행복해야 아이에게도 행복을 전해 줄 수 있으니까요. 시작하기까지 수많은 망설임이 있었지만, 도전을 시작하니 하루하루가 새롭습니다. 그 새로움이 아이들에게 좋은 영향을 주길 바랍니다. 깊은 밤 주저리주저리 남겼습니다. 모두 감사합니다.

나도 모르게 마우스 버튼을 눌러 아빠의 글을 저장했다. 선희파파의 글에 빨간색 new가 붙어 맨 윗글로 떴다. 잠에서 깬 아빠가 이 글을 삭제하기 전에 저장해 주고 싶었다. 아빠는 응원받을 자격이 충분하니까.

엄마 아빠가 우는 모습을 처음 봤을 때도 깊은 밤이었다. 화장실에 가려고 문을 열었는데 엄마 아빠가 컴컴한 거실에서 부둥켜안고 울고 있었다. 한 발짝도 움직일 수 없었다. 손잡이를 잡고 한참이나 망설이다 다시 자리에 누웠다. 뜨뜻한 오줌이 다리를 타고 흘러내렸다. 이유도 모른 채 눈물이 나왔다. 아무리 닦고 닦아도 눈물이 멈추지 않던 그 밤…

그날이 떠오르자 마음속에서 뜨거운 어떤 것이 올라오는 것 같았다. 언니와 나는 다르다. 그래서 우리 가족은 때로 난처하고 고단하다. 아빠가 아직도 언니의 장애에 대해 공부하고 있는지 몰랐다. 발달장애인의 독립에 관한 책을 보니 아빠의 숙제가 하나 더 늘어

난 것 같았다. 엄마 아빠는 늘 나에게 말한다. 엄마 아빠가 이 세상을 떠나도 절대 내가 언니를 책임질 필요가 없다고. 어떤 때는 그 말이 너무 냉정하게 들려서 섭섭할 때도 있었다. 하지만 대부분의 순간 그 말은 나를 안심시켰다. 엄마 아빠가 언니를 반드시 독립시켜서 살 수 있게 해 놓고 떠난다는 말이.

엎드려 자는 아빠의 뒷모습을 가만히 보았다. 늘 미안하다는 말을 달고 사는 아빠가 포기했을 그 두근거림은 무엇일까. 엄마 아빠는 내 행복을 위해 살아야 하는 사람들인 줄 알았다. 아빠도 아빠의 행복을 찾아야 하는 줄 몰랐다. 갑자기 아빠가 가여워졌다. 아주 잠깐.

다시 누워도 잠이 오질 않았다. 결국 핸드폰을 들었다. 온유가 보낸 문자를 한참 동안 보다가 나도 모르게 블로그 주소를 클릭해 버렸다. 어린 왕자가 메인에 떠 있는 블로그였다. 블로그 이름은 '나의 바오밥나무'였다. 블로그 소개 글이 보였다.

나의 바오밥나무는 어린 왕자가 날마다 뽑아 줘야 했던 그 바오밥나무를 뜻합니다. 이 공간은 내 머릿속에 날마다 자라는 수많은 바오밥나무를 뽑아 기록하는 공간입니다.

대충 몇 개 읽어 봤는데 책에 관한 글이 대부분이었다. 다온 오빠의 공연 영상도 여러 개 올라와 있었다. 책은 좋아하고 장애가 있는 형의 영상을 자랑스럽게 올리는 아이, 이런 애와 내가 뭘 할 수 있을까. 나는 공부도 보통, 취미도 없고 특기도 없는데. 갑자기 내가 너무 초라하게 여겨졌다. 나와 많이 다른 아이였다. 얼른 핸드폰을 껐다. 글을 더 읽으면 나도 모르게 이 아이에게 공감할까 봐.

"딸, 일어나. 오늘 체육복 챙기는 날이지?"

앞치마를 입은 아빠가 나를 깨웠다. 기타를 멘 아빠보다 이 모습이 나에겐 더 익숙하다. 엄마와 언니도 식탁 앞에 앉았다. 엄마는 오전에는 성인부를 가르치기 때문에 일찍 출근한다. 아빠가 밥을 먹으면서 말했다.

"장모님이 주식 몇 개 사 보라고 메시지 보내셨어."

엄마가 인상을 잔뜩 찌푸렸다.

"아, 절대 안 한다고 했는데 왜 당신한테까지 그래."

아빠가 말했다.

"요새 주식 안 하는 사람이 없긴 해. 장모님이 하면 다 한다고 봐야지."

언니는 소시지만 집중적으로 먹고 있었다. 엄마가 얼른 언니 젓가락을 나물로 옮겼다.

"골고루 먹어야 다온 오빠가 예쁘다고 하지. 오늘 아빠랑 수영장 가서 수영도 열심히 하고 알았지?"

언니가 고개를 끄덕이며 말했다.

"반도체는 금성전자."

엄마가 한숨을 푹 쉬었다.

"여보, 선희랑 엄마랑 자주 같이 있게 하면 안 돼. 저런 건 잘도 기억해요."

그때 아빠 핸드폰 벨 소리가 울렸다. 핸드폰 화면을 본 아빠 눈이 커졌다.

"방송국 작가님이야! 잠깐 통화 좀 하고 나올게."

아빠 통화가 길어지자 엄마가 미소를 지었다.

"일이 잘되나 보다. 다 먹었으면 치운다."

오랜만에 보는 엄마의 기분 좋은 표정이었다. 콧노래까지 흥얼거리며 엄마가 그릇을 정리했다. 노랗게 염색한 긴 머리를 질끈 묶은 엄마는 어깨를 들썩이며 그릇을 정리했다. 엄마는 한 달에 한 번씩 새치 염색을 한다. 수호 이모도 혜주 이모도 아직 새치 염색을 하지 않는데 말이다. 한 달도 안 돼 삐죽삐죽 올라오는 하얀 새치들을 아빠는 꼼꼼하게 염색약으로 덮어 준다. 언제나 씩씩해 보이는 엄마가 잠시 측은해지는 순간이기도 하다.

잠시 뒤 아빠가 방에서 나왔다.

"여보, 벌써 내일모레 녹화래. 자작곡 있냐고 물어봐서 있다고 말했더니 한 곡 준비해서 오래."

엄마는 호들갑스럽게 아빠 손을 붙잡고 말했다.

"오, 축하해! 여보 부담 갖지 말고 즐겁게 했으면 좋겠어. 정말이야. 텔레비전에 한 번만 나와도 돼. 엄마 말 같은 건 무시하고 당신이 즐겼으면 좋겠어. 진짜로."

아빠가 눈물을 글썽였다. 언니가 아빠를 끌어안고 등을 토닥였다.

"울면 불쌍해. 울지 마."

엄마가 손뼉을 치며 상황을 정리했다.

"자자 주목! 오늘은 엄마가 선희 데려다줄게. 김 사범한테 일찍 나오라고 부탁해야겠다. 당신은 노래 연습에 집중해. 자, 다들 양치하고 서둘러 나와."

언니는 기분이 좋은지 "텔레비전에 내가 나왔으면 정말 좋겠네"를 흥얼거렸다.

언니는 노란 으뜸 태권도 승합차를 타고 학교로 먼저 갔다.

아파트 정문 앞에 혜주가 기다리고 있었다.

"어제 파티 잘했어? 기분이 어때?"

내가 시큰둥한 표정을 짓자 혜주가 한마디 했다.

"너 나중에 내가 텔레비전에 나와도 그럴 거야? 아저씨 엄청 대단한 거야. 우리 아빠랑 수호 아저씨는 너네 아빠 텔레비전 나오는 날 6단지 앞에 플래카드 걸 거래."

"헐."

다들 왜 이리 들떠 있는지 모르겠다. 텔레비전에 나오는 일이 그렇게 대단한 일인가 싶었다. 이런 반응이 아빠를 더 부담스럽게 할 것 같았다. 언니 때문인지 온종일 "텔레비전에 내가 나왔으면 정말 좋겠네 정말 좋겠네" 노랫말이 맴돌았다. 도대체 텔레비전 출연이 뭐가 그렇게 대단하다고.

"나 동아리방 간다. 잘 가."

수업을 마치자마자 혜주는 동아리방으로 갔다. 안무가가 꿈인 혜주는 공부하는 시간보다 춤추는 시간이 더 많다. 혜주는 우리나라 최고 안무가의 유튜브 영상을 보며 날마다 꿈을 키우고 있다.

수호도 꿈이 있다. 연봉을 많이 받는 유명한 야구 선수가 되고 싶어서 날마다 고된 훈련을 하고 있다. 우리 반 설문 조사에서 꿈이 있는 아이가 다섯 명이 안 되는데 어쩌다 내 조리원 동기들은 둘 다 확실한 꿈이 있는지. 수호는 세계적인 투수가 돼서 혜주에게 댄스 교실을 차려 준다고 했다. 아무것도 하고 싶은 게 없는 나를 볼 때마다 수호는 "네가 뭘 하고 싶은 게 있어야 내가 준비해 주지" 하고 너스레를 떤다.

하고 싶은 건 없지만 인생을 포기하지는 않았다. 중간 이상의 성적을 유지하려고 애쓰는 건 순전히 독립을 위해서다. 은옥 할머니 가족이 사는 프랑스로 독립하려면 공부를 아주 잘해야 한다는 걸 안다. 그래서 나는 프랑스에 쉽게 못 갈 거란 것도 안다. 날마다 학원 가방을 쟁기면서 나짐한다.

'나는 지금 독립을 향해 가고 있다. 독립이 머지않았다.'

학원 버스를 기다리는데 맞은편 편의점 앞에 익숙한 뒷모습이 보였다. 아빠와 언니가 편의점 앞 뽑기 기계 앞에서 신중하게 무언가를 고르고 있었다. 어차피 고른 걸 뽑지도 못하면서. 언니 방에는 커다란 상자가 있다. 그 속에는 언니가 그동안 뽑은 장난감들이 가득 들어 있다.

언니가 원하는 뽑기가 나왔는지 언니는 방방 뛰며 좋아했다. 아빠는 그런 언니와 손바닥까지 마주치며 좋아했다. 나보다 세 살 많지만, 여전히 일곱 살 같은 언니는 엄마 아빠의 사랑스러운 딸이 분명하다.

머릿속이 복잡해지려는 찰나 학원 버스가 왔다. 나를 발견한 언니와 아빠가 손을 흔들고 있었다. 단 한 번도 손을 흔들어 준 적이 없는데, 언니와 아빠는 언제나 저렇게 손을 흔든다.

주머니에 넣어 둔 핸드폰에서 메시지 알림이 울렸다.

내 블로그 들어와 봤어?
생각해 보니 네가 보기에 내가 아주 이상한 애처럼
보일 수도 있을 것 같아.
그래서 숨겨 뒀던 방 하나를 오픈해 놨어.
일주일 동안만 열어 놓을 거야.
일주일 뒤 12시에 닫을 거야.

내가 궁금하다면 봐 봐.

"쳇, 지가 신데렐라야 뭐야."

이상한 애라고 무시하고 싶은데 온유가 가진 단단한 무언가가 자꾸 나를 끌어당기는 것 같다. 하지만 가까이 가고 싶지 않았다. 그럼 진짜로 이 아이와 동지 비슷한 것이 될 것만 같아서.

언제까지
숨어 있을 거야?

"이번 생일은 그냥 넘어가는 거 어때. 이제 뭘 요란하게 하고 싶지 않다."

내 말에 수호가 발끈했다.

"야! 우리처럼 생일이 하루 차이인 친구가 흔하냐? 작년에 우리 셋이 그린피스에 기부했던 거 야구부 애들이 얼마나 부러워하는데. 엄청 있어 보인대. 작년에는 기부했으니까 올해는 우리 셋이 뭐 재밌는 거 해 보자."

우리 생일이 열흘 앞으로 다가왔다. 우리 셋 중 혜주가 가장 먼저 태어났고 하루 차이로 나와 수호가 태어났다. 그동안 우리는 나름대로 우리만의 이벤트를 하며 생일을 기념했다. 놀이공원도 가 봤고 봉사도 해 봤고 기차 여행도 했다. 작년 생일은 우리 셋이 1년 동안 목표를 정해 놓고 모은 돈을 그린피스에 후원했다. 우연히 다 같이 다큐멘터리를 보다가 시작한 일이었다.

"그럼 주말까지 더 생각해 보자. 수호 말처럼 뭘 해도 좋고 선우 말처럼 아무것도 안 하고 지나가는 것도 좋아."

수호가 혜주를 노려보았다.

"너 벌써 선우한테 넘어갔냐?"

혜주가 손사래를 쳤다.

"아냐. 아무것도 안 한다면 어떨까 싶은 거지. 아무것도 안 한 적은 없잖아. 근데 우리 셋이 생일 이벤트를 하는 건 우리 동아리 애들도 다 부러워해. 뭔가 멋지대."

11월 중순인데 벌써 한겨울 느낌이 났다. 수호가 잠바를 여미며 일어났다.

"암튼 니들 대충 넘어갈 생각하지 마. 누가 그랬어. 인간은 누구나 한번 행복해야 할 날이 있대. 그게 생일날이래."

나와 혜주가 동시에 "오, 김수호!" 외치자 수호가 어깨를 으쓱했다.

"이 오빠 요즘 책 읽는다."

순간 온유가 생각났다. 나를 위해 열어 놨다는 그 공간. 문자를 보니 오늘까지였다. 애들이랑 헤어지고 한참 동안 그네에 앉아 핸드폰을 보았다. 블로그에 들어갈까 말까 망설이는데 엄마한테 전화가 왔다. 놀이터에서 그만 방황하고 들어오라는 전화였다. 우리 집 베란다에서 놀이터가 살 보인나는 설 깜빡했나. 집에 들어가자 인니는 식탁에서 엄마와 숙제를 하고 있었다. 언니 숙제를 봐주는 엄마의 모습이 낯설었다. 원래 저 자리에 아빠가 있어야 하는데. 아빠는 요즘 저녁마다 도장으로 간다. 태권도 도장이 아빠의 노래 연습실이 되었다.

일찌감치 씻고 침대에 누웠다. 아무리 안 보려고 애를 써도 자꾸 시계로 눈이 갔다. 10시가 다 되어 가고 있었다. 12시가 되면 그 방을 닫는다는 말. 온유는 그러고도 남을 아이 같았다. 베개에 엎드려서 핸드폰을 열었다.

"별거 없기만 해 봐."

블로그에 들어가자 어린 왕자가 보였다. 전체 메뉴 중 빨간 new가 붙은 새로운 카테고리가 보였다. '사막여우'라는 카테고리 맨 아랫글을 클릭해 보았다.

가령 네가 오후 4시에 온다면 나는 3시부터 행복해지기 시작할 거야. 시간이 다가올수록 난 더 행복해지고 행복해지겠지. 4시가 되면 안절부절못하고 걱정이 될 거야.

어린 왕자는 읽을 때마다 아름답고 쓸쓸하고 또 따뜻하다. 나에게도 이런 친구가 생길 날이 오겠지? 만나기 전부터 설레고 안절부절못하고 걱정이 되는 사이. 때로 주저리주저리 말하지 않아도 내 마음을 알아주는 그런 친구를 만나고 싶다.

사막여우 카테고리는 친구를 기다리는 온유의 아픈 이야기가 쓰여 있었다. 글을 읽다 보니 온유의 외로움이 내 안으로 뚜벅뚜벅 걸어 들어오는 것 같았다.

세상은 악한 일을 행하는 자들에 의해 멸망하는 것이 아니고
아무것도 안 하며 그들을 지켜보는 사람들에 의해 멸망할 것이다.
- 아인슈타인-

이 사회적 전환기의 최대 비극은 악한 사람들의 거친 아우성이 아니라 선한 사람들의 소름 끼치는 침묵이다. -마틴 루터 킹-

이 글을 처음 읽었을 때 너무 어려웠다. 그리고 오늘, 이 글이 다시 떠올랐다. 일곱 살쯤 돼 보이는 그 여자아이 때문에 이 어려웠던 말이 어렴풋이 이해됐다.

학원 시간에 늦어서 지하철역 에스컬레이터를 달리듯 올라갔다. 엘리베이터 앞을 막 지나치는 순간 믿을 수 없는 광경을 보았다. 휠체어를 탄 엄마와 그 엄마의 무릎에 앉아 있는 세 살쯤 돼 보이는 여자아이 그리고 그 휠체어에 한 손을 올린 채 경호원처럼 따라가는 일곱 살쯤 돼 보이는 여자아이. 우리 엄마보다 젊어 보이는 그 아주머니는 무릎 위에 아이를 앉히고 큰아이와 다정하게 웃으며 휠체어를 밀고 내 앞을 지나갔다.

갑자기 눈앞이 뿌예졌다. 손등으로 얼른 눈을 훔치고 멀어져 가는 휠체

어와 한 손으로 휠체어를 잡고 가는 아이의 당당한 뒷모습을 지켜보았다. 병신 동생이라고 놀림당했던 시간, 자꾸 숨고 싶었던 시간, 누구의 눈에도 띄지 않으려 애쓰던 시간, 그 아이는 지나간 나의 부끄러운 순간을 떠올리게 했다. 그리고 오늘 다시 저 글을 읽으며, 나에게 묻는다. 형을 향한 불편한 시선을 언제까지 지켜보기만 할 것인가. 오늘 그 아이의 뒷모습이 자꾸 나에게 묻는 것 같다.

'언제까지 숨어 있을 거야?'

"와, 존나 잘 썼네."

내 마음 깊은 곳에서부터 탄성이 나왔다. 이렇게 똑똑한 애가 괴롭힘을 당했다고? 이런 애를 괴롭혔다고? 나쁜 새끼들. 약자를 이유 없이 괴롭히는 나쁜 새끼들은 이 세상에서 사라졌으면 좋겠다. 그런데 이게 중학교 2학년의 글이라고? 솔직히 좀 많이 멋졌다. 글이 이렇게 사람을 멋지게 보이게 할 수 있다는 것이 신기했다.

다음 글을 클릭하려는 순간, 갑자기 카테고리가 사라져 버렸다. 시계를 보니 정확히 밤 12시였다.

"와, 이거 진짜 또라이네."

어이가 없었다. 분명 내가 읽고 있다는 걸 알 텐데, 옆에 있으면 한 대 쥐어박고 싶을 만큼 얄미웠다. 쳇, 나랑 동지를 하겠다고? 어림도 없다. 내가 동지를 해 주나 봐라.

토요일 아침, 수호와 혜주가 기다리고 있는 은옥 할머니 집으로
갔다. 오늘은 할머니가 새로 배운 타르트를 만들어 주기로 한 날이
다. 은옥 할머니는 배우는 데 열심이다. 문화센터에서 하는 프로그
램 중 할머니가 안 배운 게 거의 없을 정도니까.

4층에 올라가자 은옥 할머니 집 문이 열려 있었다. 달콤하고 따
뜻한 냄새가 코를 간질였다. 막 들어가려는 찰나 할머니가 문을 열
고 나왔다. 할머니는 나를 곁눈질로 보고만 있었다. 나는 고개를
숙이고 예의를 갖춰 인사했다. 할머니와 나 사이에 확실한 거리를
보여 주려고.

"안녕하세요."

"새삼스럽게 인사는 무슨. 니들은 그 집이 아지트냐? 뻑하면 그
집에서 놀게. 이제 곧 중3 올라가는데 공부할 생각들은 안 하고. 맨
놀 궁리만?"

역시 할머니다웠다.

"안녕히 가세요."

얼른 은옥 할머니 집으로 들어가 문을 닫았다. 할머니는 정말 모
르는 것 같다. 우리가 왜 은옥 할머니를 더 좋아하는지.

"어이! 마이 프렌!"

수호가 소파에 앉아서 손을 흔들었다. 수호는 테이블에 놓인 지
역신문을 뒤적거리고 있었다. 혜주는 그 옆에서 유튜브로 춤 영상
을 보고 있고 은옥 할머니는 주방 오븐 앞에서 타이머를 든 채 타

르트가 구워지길 기다리고 있었다.

"이제 5분 남았다. 집에선 처음 하는 거라 떨리네."

은옥 할머니가 수줍게 웃었다. 뭐든지 잘하는 할머니가 떨린다니 이상했다. 드디어 타이머가 울렸다. 할머니는 긴장이 되는지 후, 하고 숨을 크게 내쉬고 오븐을 열었다. 오븐을 열자 달콤한 초코 빵 냄새가 훅 끼쳤다. 조그마한 틀에 든 초코 타르트가 보기 좋게 잘 구워진 것 같았다.

"오, 모양이 좋다. 그치? 타르트가 식는 동안 할 일이 또 있지."

할머니는 베란다에서 네모난 틀을 가지고 왔다. 틀에는 네 개의 구멍이 있고 그 안에 하얀 젤리 같은 게 들어 있었다.

"사워크림 무스야. 이게 귤 초코 타르트의 꽃이지."

은옥 할머니 얼굴이 신나 보였다. 할머니는 초콜릿 타르트 위에 동그란 하얀 무스를 올렸다. 수호와 혜주도 냄새를 맡고 주방으로 달려왔다. 할머니는 미리 준비해 둔 초콜릿 색깔의 주머니를 들어 보였다.

"초코 크림이야. 각자 원하는 만큼 올려 봐. 동그랗게 짜도 되고 살짝 흔들면서 짜면 근사한 모양이 되기도 해."

은옥 할머니가 고급스러운 하얀 접시를 우리에게 하나씩 건넸다. 그 위에 귤 초콜릿 타르트를 올리니 그것만으로도 근사했다. 수호는 짤주머니를 받아서 타르트 옆에 하트를 그렸다. 혜주는 아주 조심스럽게 주머니를 돌리면서 회오리 모양을 만들었다. 나는 한 번에 푹 짜서 초코 크림을 듬뿍 올렸다.

"따뜻한 코코아 좋지?"

근사한 찻잔에 코코아가 담겨 우리 앞에 하나씩 놓였다. 먹음직스러운 타르트와 코코아까지. 우리가 할머니 집을 좋아하는 이유가 생각났다. 할머니는 우리가 어리다고 막 대하지 않는다. 언제나 우리를 존중해 주고 대접해 주었다. 우리가 할머니에게 뭘 주지 않는데도 말이다. 우리가 이런 근사한 찻잔을 들고 우아하게 코코아를 마시는 건 은옥 할머니 집뿐이다.

"우아, 이건 반칙이에요. 너무 맛있어요, 할머니."

혜주의 말에 할머니가 활짝 웃었다.

"그런 반칙이라면 날마다 해도 좋겠다."

수호도 한마디 거들었다.

"난 가끔 할머니 손자들한테 미안해요. 할머니 사랑을 우리가 다 받고 있잖아요."

은옥 할머니가 고개를 내저었다.

"그건 아니지. 너희들이 나랑 놀아 주느라 애쓰는 거지. 나랑 놀아 줘서 고맙다."

수호가 고개를 끄덕이며 찻잔을 들었다.

"우리의 우정을 위하여!"

은옥 할머니가 얼른 찻잔을 들어 수호 찻잔에 살짝 부딪혔다. 수호의 선회에 못 이겨 찻잔을 들었다. 네 개의 찻잔이 조심스럽게 부덮쳤다. 할머니 집에 오면 언제나 마음이 편안해진다. 뾰족해지는 마음이 풀리는 느낌이다.

타르트 접시를 순식간에 비운 수호가 우리를 보며 말했다.

"자, 각자 어떤 아이디어를 갖고 왔나 얘기해 봐."

"그러는 넌?"

수호가 의미심장한 미소를 띠며 말했다.

"난 비장의 카드가 있지."

혜주가 재촉했다.

"그럼 얼른 꺼내. 사실 난 대회 준비 때문에 생각할 시간이 없었어."

나도 고개를 끄덕였다. 수호는 하는 수 없다는 듯 거실로 나가 신문을 들고 왔다. 수호가 들고 있는 신문은 김포시에서 집마다 꽂아 두는 지역신문이었다.

"짜잔, 우리 은옥 할머니가 빠알간 동그라미를 쳐 둔 걸 보니까 이런 이벤트가 있더라고."

은옥 할머니가 화들짝 놀라 수호를 보았다.

"그거, 그걸 해 보게?"

"네! 생일을 기념해 죽음을 체험해 보는 거 완전 멋질 것 같은데요?"

혜주가 놀란 눈으로 물었다.

"죽음 체험?"

수호가 신문을 들고 읽기 시작했다.

"김포 안의 '복지를 만나다'의 주제로 김포시가 마련한 올해의 마지막 행사. 지역복지 사회를 활성화하는 목적으로 장애인 아동·청소년·여성 지역복지 및 노인복지를 위한 홍보 부스를 마련했습니다. 기관 홍보, 공예품 전시뿐 아니라 천연비누 만들기 허브테라피 등 다양한 행사를 통해 축제 분위기를 조성할 예정입니다. '한국새생명사랑재단'에서는 인간에 대한 존엄성과 남은 생에 대한 삶의 가치를 더욱 고귀하게 하는 죽음 체험의 시간을 준비했습니다. 죽음 체험 부스는 선착순으로 체험할 수 있습니다. 다양한 부스에서 다채로운 체험을 통해 김포시의 복지를 한층 가까이 누리는 시간이 되시기 바랍니다."

기사를 다 읽은 수호가 은옥 할머니를 보았다.

"근데 할머니는 왜 동그라미 해 놓으신 거예요?"

할머니가 쑥스러운 듯 손사래를 쳤다.

"아구, 부끄러워라."

"뭐가 부끄러워요?"

은옥 할머니가 망설이듯 말했다.

"그게, 미리 한번 느끼고 싶었어."

수호가 외쳤다.

"역시 우리는 프렌! 이거야! 우리 이번 생일엔 이거 하자."

죽음 체험이라, 나쁘지 않을 것 같았다. 은옥 할머니가 고개를 내저었다.

"아니 아니, 니들은 아직 그런 거 안 해도 돼. 혼자 조용히 가려고 했더니 일이 커졌네."

혜주가 손을 들었다.

"나, 하고 싶어."

"나도."

수호가 손뼉을 쳤다.

"만장일치로 우리 열다섯 생일 이벤트 결정!"

은옥 할머니가 식탁을 치우면서도 고개를 절레절레 흔들었다.

"내가 저 신문을 치웠어야 했는데. 아니지! 열다섯에 이런 경험을 하면 인생을 잘 살 수밖에 없지."

할머니는 혼잣말을 하며 고개를 끄덕였다. 할머니 말처럼 된다면 나한테 좋은 건지 나쁜 건지 감이 오질 않았다. 난 뭐든 더 잘하고 열심히 하는 거 안 좋아하는데.

수호가 우리를 보며 말했다.

"뭔가 떨린다. 이거 진짜 대박이야."

정말 마음 저 끝 어디선가 떨림이 느껴졌다. 뜬금없이 온유 블로그에서 봤던 글이 떠올랐다.

'언제까지 숨어 있을 거야?'

왜 그 말이 떠올랐을까. 정말 이상한 일이다. 두 번밖에 본 적 없는 아이가 순간순간 떠오른다. 그 아이의 마음을 엿보지 않았어야 했다. 나도 모르게 자꾸 생각하게 되는, 이 이상한 기분을 빨리 떨치고 싶었다.

"근데 왜 우리 할머니랑 같이 안 가고 할머니 혼자 신청했어요?"

은옥 할머니에게 귓속말로 물었다.

"그게, 느이 할머니가 어차피 죽을 건데 뭣 하러 미리 체험까지 하냐고 싫어하더라. 근데 우리 나이에는 그렇게 생각하는 게 당연해. 친구들이 나보고 다 별나대. 맞아. 내가 별나지."

할머니가 싫어했다니 더 해 보고 싶은 마음이 들었다. 할머니한테 나는 죽음을 겁내지 않는다고 당당하게 말하고 싶었다. 그러다 문득, 나 같은 손녀를 만날까 봐 겁이 났다. 내 안에 돋친 가시들은 도대체 누가, 어떻게 빼낼 수 있을까.

나아질 수 있을까,
우리

"선우야, 빨리! 텔레비전에 우리 아빠 나온대!"

언니가 요란스럽게 방문을 두드렸다. 거실로 나가자 아빠와 엄마가 긴장한 얼굴로 텔레비전 화면을 바라보고 있었다. 두 손을 꼭 모은 채 심호흡을 하는 아빠의 등을 엄마가 어루만지며 말했다.

"괜찮아, 당신 이미 저긴 통과한 거잖아. 통과한 걸 알고 보니까 덜 초조하다. 그렇지?"

아빠는 대충 고개를 끄덕이고 화면에 집중했다. 도전하는 가수들은 조별 이름이 있었다. '유명조'와 '찐무명조' 아빠는 그중 '찐무명조'였다. 아빠가 '찐무명'인 것은 우리가 인정하지. 유명조는 이름처럼 한때 유명했던 가수들이었다. 한 번도 얼굴을 알린 적이 없는 아빠가 저 사람들과 경쟁해야 한다는 게 안타까웠다.

"어? 이제 나야"

무대 위 조명이 꺼지고 화면에 '내 안의 두근거림을 따라가는 71호 가수'라고 쓰여 있었다. 카메라는 심사위원들의 얼굴을 스치듯 비추고 다시 무대 위 아빠를 비췄다. 아빠는 심호흡을 한 번 하고 기타 줄을 튕겼다. 아빠가 부를 노래는 'J에게'였다.

"J 스치는 바람에 J 그대 모습 보이면 난 오늘도 조용히 그댈 그리워하네. J 지난밤 꿈속에 J 만났던 모습은 내 가슴속 깊이 여울져 남아 있네…."

기타를 치며 노래하는 아빠는 익숙했지만, 텔레비전 속 아빠는 어색했다. 화려한 조명 아래 긴장한 아빠의 모습은 나까지 긴장하게 했다. 아빠의 노래가 끝나자 심사위원들이 손뼉을 쳤다. 엄마는 환호성까지 질렀다.

"여보! 당신 진짜 멋지다! 대학 때 그 모습 그대로야!"

어디가 대학 때 그 모습인지는 모르겠지만 엄마는 눈물까지 글썽였다.

사회자가 아빠에게 물었다.

"71호 가수님, 이선희 심사위원님과 가족 관계시라고요?"

놀란 아빠가 손사래를 쳤다.

"아, 저기 앉아 계신 심사위원님과는 아무 관계가 없지만 큰아이 이름이 이선희입니다."

"아, 심사위원님과 같은 이름을 짓게 된 사연이 있으신가요?"

아빠가 머리를 긁적이며 말했다.

"제가 아내에게 청혼할 때 부른 노래가 방금 이 곡입니다. 그때 아내가 제 청혼을 받아 주면서 딸을 낳으면 선희라고 이름을 짓자고 하더라고요. 제 성이 이씨라 이선희가 되었습니다."

"아, 그럼 온 가족이 이선희 심사위원의 찐팬이나 마찬가지겠네요. 지금 따님에게 한마디 하시겠습니까?"

계속 쑥스러워하기만 하던 아빠가 활짝 웃으며 양손을 수줍게 흔들었다.

"선희야, 선우야, 아빠 텔레비전에 나왔다!"

굳이 내 이름까지 부를 게 뭐람. 언니는 방방 뛰며 아빠를 끌어안았다.

"텔레비전 아빠가 내 이름을 불렀어! 선우 이름도 불렀어!"

아빠는 일곱 명의 심사위원 중 다섯 명에게 합격을 받아 다음 라운드에 진출했다. 다음 가수가 나오자 바로 엄마에게 전화가 오기 시작했다. 혜주와 수호도 우리 대화방에 방송을 본 소감을 보냈다. 엄마는 사방에서 온 메시지에 답장하느라 정신이 없어 보였다.

아빠는 노트북을 들고 안방으로 들어갔다. 아빠 표정이 그리 밝아 보이지 않았다. 언니는 계속 텔레비전 앞에서 허리에 두 손을 짚은 채 노래를 불렀다.

"텔레비전에 내가 나왔으면 정말 좋겠네 정말 좋겠네…"

나까지 정신이 없었다. 엄마가 언니를 진정시켜야 할 것 같은데 엄마는 너무 들떠서 그럴 생각이 없어 보였다. 아빠의 텔레비전 출연이 엄마를 저렇게 웃게 할 줄 몰랐다.

문득 4학년 때 글쓰기 대회에서 최우수상을 받았던 날이 떠올랐다. 주제는 '장애인을 배려하자'였다. 그때 나는 장애인에게는 배려도 필요하지만 친구가 필요하다고 썼다. 우리 언니에게는 언제나 친구가 필요했으니까. 엄마는 그때도 저렇게 한동안 사람들을 붙잡고 내 자랑을 했다. 글쓰기 학원에 한 번도 다닌 적 없는 내가 최우수상을 탔다고. 그때 알았다. 우리 엄마도 다른 엄마들하고 별반 다를 게 없다는 것을. 자랑하고 싶은 일이 조금이라도 있으면 자랑하고 또 자랑하는….

엄마는 내 안 어딘가에 있을 글쓰기 재능을 기대했지만 나는 더 이상 글을 쓰지 않았다. 그 글이 학교 신문에 실린 뒤로 몇몇 아이들이 언니가 장애인이라고 수군거렸기 때문이다. 다행히 그 수군거림은 오래가지 않았다.

그때 알았다. 눈에 띄는 사람이 된다는 게 얼마나 위험한 일인지. 엄마 아빠가 그토록 나와 언니를 떼 놓으려고 했던 이유가 그 때문이란 걸 나중에 알게 알았다. 내가 어떤 불이익도 받지 않게 하려는 그 깊은 뜻 말이다.

대박! 선우 너 방송 탄 기분이 어떠냐.
이지씨기 내 이름 불리 졌잖이.

수호 수준이 딱 언니 같아서 웃음이 나왔다. 철저하게 눈에 띄지 않으려고 애쓰는 나를 텔레비전 속 아빠가 불러 주었다. 나는 언니처럼 아빠에게 환한 미소로 손을 흔들지 않았다. 내 감정을 숨기는 것에 익숙하다 보니 진짜 내 감정을 드러내는 것도 어려워지는 것 같다. 내 마음 깊은 곳에서 아빠를 자랑스러워하는 마음이 꿈틀대는 것 같았다. 하지만 자꾸 누르고 감추다 보니 진심을 표현하는 게 어색하다.

단체 메시지 방에 수호가 메시지를 올렸다.

우리들의 열다섯 생일 이벤트가 일주일 남았습니다.
모두 경건한 마음으로 한 주 잘 보냅시다.

열다섯에 죽음 체험이라니. 아무튼 우리도 일반적이지 않다. 일반적이지 않은 친구들이 있어 참 다행이라는 생각이 들었다.

"생일 축하합니다. 생일 축하합니다. 사랑하는 선우의 생일 축하합니다."

노랫소리에 잠이 깼다. 방문이 열리고 케이크가 보였다. 아빠는 케이크를 든 채 노래를 부르고 엄마는 촛불을 끄려는 언니를 두 팔로 막고 있었다.

"선우야, 생일 축하해!"

촛불은 언니에게 끄라고 양보했다. 언니는 재빨리 엄마한테서 빠져나와 촛불을 껐다. 엄마가 선물을 내밀었다. 선희 언니도 조그마한 선물 상자와 편지를 내밀었다.

"방송국에 바로 가야 해서 미리 축하하는 거야. 아빠 딸로 태어나 줘서 고마워."

언제 들어도 찌릿찌릿한 말, 아빠가 참 자주 하는 말. 어릴 때는 아빠가 저 말을 하면 곧장 대답했다.

"나도 아빠가 내 아빠라서 좋아."

아빠는 내가 그 말을 하지 않을 걸 알면서도 잠깐 나를 바라본다. 마치 그 말을 기대하듯. 언니가 내 이불을 두드리며 말했다.

"빨리, 선물 선물!"

언니가 준 선물부터 풀어 보았다. 언니는 자기도 처음 보는 것처럼 두 손을 모으고 선물을 바라보았다.

언니의 선물을 보자마자 헛웃음이 나왔다. 언니의 선물은 빨간색 틴트였다. 얼마 전부터 빨간색 립스틱을 바르고 싶다고 하더니.

"언니 안 줄 거야. 벌써 화장하면 피부에 안 좋아."

언니는 시침을 뚝 떼고 고개를 내저었다. 그동안 언니가 준 선물은 모두 언니가 갖고 싶어 하는 것들이었다. 아빠랑 같이 선물을 고르러 가니까 이런 일이 벌어지는 것이다. 엄마 아빠가 준 선물은 요즘 유행하는 하얀 양털 잠바였다. 내가 갖고 싶었던 브랜드 옷이었다. 혜주가 귀띔해 준 것 같았다. 이럴 땐 혜주가 있어서 참 든든하다. 얼버무리듯 고맙다고 말한 뒤 다시 침대에 누웠다.

열다섯 살은 참 좋다. 열다섯이라고 하면 사람들은 사춘기라 힘들겠다고 한다. 엄마 아빠에게 하는 말이지만 나에게는 든든한 말이다. 내가 좀 막 나가도 된다는 뜻 같아서. 아빠는 촛불을 끄자마자 부리나케 나갔다.

거실에서 텔레비전 소리가 들렸다. 어젯밤 아빠가 나온 프로그램을 엄마가 다시 보기로 튼 모양이다. 어젯밤부터 우리 가족은 각자 떨어져서 텔레비전 속 아빠를 만난다. 아빠는 태권도장에서, 나는 내 방에서, 엄마와 언니는 거실에서. 아빠의 두 번째 곡은 팝송이었다. 처음 들어 보는 노래였는데 꼭 아빠 노래처럼 편안하게 들렸다.

기타를 멘 아빠가 인터뷰하는 장면이 먼저 나왔다.

"아내를 처음 만났을 때 참 싱그러웠습니다. 그렇게 예뻤던 사람이 저를 만나 고생을 많이 했습니다. 이번 미션 주제가 '위로'인데 아내와 두 딸에게 이 곡으로 위로와 응원을 전하고 싶습니다. 여보, 사랑하는 선희 선우야! 세상의 모든 짐을 어깨에 지지 말자. 때로 슬픈 노래를 불러야 할 때도 있지만 더 나아질 거야. 우리 다."

모든 조명이 꺼졌다. 아빠는 바닥에서 무언가 집어 들었다. 아빠가 숨을 크게 내쉬었다. 이어서 조명이 켜지고 오카리나를 든 아빠가 보였다. 자세히 보니 얼마 전 음악 수행평가 때 썼던 오카리나였다. 내가 불었을 때는 딱 삼만 원짜리 오카리나였는데 아빠가 부니까 비싼 악기처럼 고운 소리가 났다. 아빠는 눈을 감고 오카리나를 불다가 다시 마이크를 잡았다. 노래 제목은 'Hey Jude'였다.

"Hey Jude, don't make it bad. Take a sad song and make it better. Remember to let her into your heart, Then you can start to make it better. Hey Jude, don't be afraid. You were made to go out and get her. The minute you let her under your skin, Then you begin to make it better…."

노래가 끝나자 심사위원 몇 명이 일어나서 손뼉을 쳤다. 한 심사위원은 눈물까지 보였다. 그리고 아빠는 일곱 개의 합격을 받고 다음 라운드로 진출했다.

교복을 입는데 거실에서 흐느끼는 소리가 들려왔다. 곧장 언니가 내 방에 뛰어 들어왔다.

"엄마 울어! 엄마가 울어!"

나가 보니 엄마가 쿠션에 얼굴을 묻고 울고 있었다. 언니가 엄마를 안고 "불쌍해, 불쌍해" 토닥여 주었다. 손은 앞으로 나가려는데 발이 떨어지지 않았다. 언제나 씩씩하기만 하던 엄마가 울고 있었다.

엄마는 곧 울음을 그치고 어색하게 웃으며 말했다.

"다시 봐도 너무 기뻐서. 너무 기뻐서 그래. 아빠 노래를 사람들에게 들려줄 수 있어서. 아빠가 다시 꿈을 찾아서 좋다. 우리 딸들도 아빠처럼 꿈을 찾아가야 해."

언니가 물었다.

"엄마는 꿈 찾았어?"

"엄마는 아빠 덕분에 꿈을 이루고 사는 중이지. 늦겠다. 학교 갈 준비하자!"

아빠가 새벽부터 만들어 놓고 간 유부초밥과 미역국을 먹고 집을 나섰다. 언니는 엄마와 함께 지하 주차장으로 내려갔다.

"선우야, 생일 축하해! 잘 가!"

엘리베이터 문이 닫히는 순간까지 언니는 해맑게 손을 흔들었다. 그때 핸드폰 메시지 진동이 울렸다. 수호나 혜주이겠지 하고 핸드폰을 들여다보니 온유였다.

생일 축하해. 좋은 하루 보내길!

메시지가 하나 더 왔다. 온유가 보낸 선물 메시지였다. 선물 제목이 '쓸모없는 선물'이었다. 제목에 끌려서 클릭해 보니 '이선우 탐구 영역'이라는 노트였다. 정말 평범하지 않은 아이다. 웬만한 선물이었으면 주소 입력을 안 했을 텐데 '이선우 탐구 영역'이라니, 주소를 입력하지 않을 수 없었다. 당장 입력하지 않으면 또 없어질 것 같아 무작정 주소를 입력했다. 확인 버튼을 누르고 나니 그제야 온유가 던진 미끼를 물었다는 느낌이 들었다.

수호한테서도 메시지가 왔다.

내 친구 이선우!

오늘 행복하게 보내라!

오빠가 많이 아낀다! 내일 보자!

너도!

내 답장은 언제나 깔끔하다. 어제 생일이었던 혜주는 장문의 메시지를 보내왔다. 바로 3분 뒤에 만날 건데. 메시지를 읽으며 아파트 정문으로 갔다. 역시나 정문에 혜주가 서 있었다.

"생축! 어제 아저씨 짱 멋지더라. 우리 엄마 어제 아저씨 노래 들으면서 울었잖아. 나도 그 노래 너무 좋아서 찾아봤어. 아저씨 덕분에 비틀즈 알게 돼서 기뻐. 비틀즈 노래 찾아 듣느라 늦게 잤어."

"난 좀 오글거리더라."

혜주가 눈을 동그랗게 뜨고 말했다.

"넌 좀 이상해. 아저씨가 우리 아빠라면 엄청 자랑스러울 텐데."

혜주가 내 팔짱을 끼며 말했다.

"내일 은옥 할머니랑 같이 하니까 좋아. 뭔가 든든해. 할머니는 진짜 보통 할머니들이랑 달라. 그치?"

대충 고개를 끄덕이며 걸었다.

"어, 저기 이모랑 선희 언니다!"

5단기 마트 앞에 언니랑 엄마가 있었다. 낯선 사람이 엄마에게 삿대질을 하고 있고 엄마는 고개를 숙이고 사과하는 것 같았다.

"무슨 일 났나 봐. 어떡해."

"너 먼저 가."

건널목을 건너 마트 앞으로 갔다. 엄마와 언니는 장애인 주차 구역 앞에 서 있었고 그곳에 주차된 차는 삿대질하는 아줌마의 차 같았다.

"아니, 급하면 거기 잠깐 세울 수도 있지. 놀고 있는 자리에 잠깐 세웠는데 뭐! 아침부터 재수가 없으려니까."

참고만 있던 엄마가 발끈했다.

"이보세요! 재수가 없다니요. 우리 애가 틀린 말 했어요? 장애인 주차 구역은 장애인만 주차해야 하는 거 모르세요?"

점점 사람들이 몰려들고 있었다. 관객이 많아지자 삿대질 아줌마의 목소리도 커졌다.

"아이고, 장애가 무슨 특권이야? 바빠서 잠깐 세웠는데 어른한테 눈 똑바로 뜨고 여기 세우면 안 된다고 따지듯 잔소리해 대는 당신 딸이 정상이야? 애 인성이 왜 그따위야?"

엄마가 주먹을 불끈 쥐었다. 순간 언니가 소리를 지르며 제자리를 빙빙 돌기 시작했다. 엄마는 더 이상 싸우지도 못하고 언니를 달래며 사람들 틈을 벗어났다.

언니는 늘 그랬다. 장애인 주차 구역에 세워 놓은 차에 장애인 주차 표지가 있는지 없는지 확인해야 직성이 풀렸다. 핸드폰을 만지작거리다 발걸음을 돌렸다.

"어라? 진짜 장애인이야 뭐야. 퉤!"

뒤를 돌아보지 않을 수 없었다. 삿대질 아줌마가 언니를 보고 다시 한번 침을 뱉고는 차 문을 열었다. 도저히 참을 수가 없었다. 달려가 잽싸게 차 문을 잡았다.

"이렇게 가시면 안 되죠. 장애인 주차증도 없이 여기 세우면 불법인 거 모르세요? 빨리 사과하세요."

삿대질 아줌마가 우리를 번갈아 보며 부르르 떨었다.

"이건 또 뭐야."

"아, 사과를 안 하시겠다. 잠시만요."

핸드폰을 꺼내 안전신문고 앱을 열었다. 이럴 때 쓰려고 내려받았지만 진짜 사용하게 될 줄은 몰랐다. 삿대질 아줌마의 차 번호판이 나오게 사진을 찍었다. 그러고는 핸드폰 화면을 삿대질 아줌마에게 보여 주었다. 심장이 미친 듯 뛰는 것 같았다. 들키지 않으려고 최대한 침착하게 말했다.

"아침부터 양심에 어긋나는 행동을 하면 이런 일이 생기는 거예요. 장애인 주차 표지 없는 차량은 과태료 십만 원, 아줌마처럼 고의로 장애인 주차를 방해한 사람은 오십만 원! 아시겠어요?"

삿대질 아줌마가 나를 한 대 칠 것처럼 손을 들며 소리를 질렀다.

"어디 어린 게 싸가지 없게! 야, 너 뭐야? 뭔데 나서? 내가 무슨 고의로 주차를 방해했다는 거야?"

나는 최대한 공손하게 대답했다.

"아, 저는 저기 있는 제 언니의 동생입니다. 우리 언니는 발달장
애인이고 우리 엄마 차에는 장애인 주차 표지가 있어요. 언니가 탄
차를 여기에 주차해야 하는데 아줌마가 고의로 주차를 방해한 거
라고요. 안전신문고에 안전하게 잘 신고됐고요, 오십만 원 준비하세
요."

"아침부터 별 꼴값들을 다 보네. 퉤퉤."

그때였다. 마트 사장님이 나섰다.

"여기 이 학생 말이 틀린 게 하나도 없는데 끝까지 무례하시네요.
학생 그거 잘 신고된 거지? 내가 다시 안 찍어도 되지?"

삿대질 아줌마는 목덜미를 잡으며 차 문을 열었다.

"거지 같은 동네에서 별꼴을 다 보네. 신고? 어디 실컷 해 봐. 내
가 누군 줄 알고!"

끝까지 사과 한마디 없이 삿대질 아줌마의 차는 도망치듯 빠져
나갔다. 엄마가 언니를 데리고 내 쪽으로 왔다.

엄마가 씨익 웃었다.

"역시 내 딸이네."

"학교 다녀올게요."

뭘까, 엄마의 표정. 울 것 같으면서도 웃고 있는 표정. 돌아서니
혜주가 엄지를 치켜든 채 서 있었다.

"역시 이선우!"

우리 학교 애들이 곳곳에 서서 지켜보고 있었다.

아, 어쩌다 그랬을까.

언젠가 일어날 일

내가 서 있는 곳이 갑자기 금이 가기 시작하더니 순식간에 땅이 꺼졌다. 초고속 엘리베이터를 탄 것처럼 끝 간 데 없이 추락했다. 살려 달라고 소리를 지르고 싶은데 소리가 나오지 않았다. 온몸을 비틀다 눈을 떴다. 꿈이라서 안심이다 싶었는데 계속 진동이 느껴졌다. 베개 밑에 손을 넣어 보니 핸드폰 진동이 울리고 있었다. 간신히 눈을 뜨고 핸드폰 화면을 봤다. 수호였다.

"야, 오늘이 얼마나 중요한 날인데 늦잠이야! 얼른 씻고 나와. 늦으면 우리 생일 이벤트 꽝이야."

시계를 보니 8시 30분이다.

"아우 진짜! 내가 9시 알람 맞췄거든? 복지관 10분이면 가는데 아침부터 이럴래?"

"워워, 이벤트 책임자로서 관리하는 거지. 9시 반까지 복지관 입구에서 보자."

나도 모르게 욕이 나왔다. 수호는 운동선수라 그런지 정말 시간 약속을 잘 지킨다. 아니 약속 시간보다 항상 30분 먼저 나와야 직성이 풀리는 아이다. 수호가 그러니까 주변 사람인 내가 피곤하다.

샤워하고 나오자 언니가 내 방에서 후다닥 달려 나왔다. 내가 쳐다보자 언니는 얼른 소파에 앉아 바이올린 가방을 안았다.

"존버 할머니 언제 와? 존버 할머니 10분 안에 온다고 했는데."

언니는 다음 주에 있을 크리스마스 공연 막바지 연습 중이다. 아빠는 보이지 않았다. 아빠가 바빠지니 엄마가 두 배로 바빠졌다.

"할머니 왜 오셔?"

엄마가 양말을 들고 나오며 말했다.

"어제 방앗간 어르신이 병원 진료 때문에 문을 닫아서 수수팥떡 못 챙겼다고 오늘 갖고 오신대. 다들 건강하셔야 하는데. 이따 갖고 나가서 애들이랑 나눠 먹어. 수호랑 혜주도 떡 좋아하잖아."

초인종 소리가 들렸다. 엄마가 속삭이듯 말했다.

"할머니한테 툴툴대지 말고 고맙다고 꼭 말해. 매년 너희들 생일 떡 잊지 않고 해 오시는 정성 쉽지 않아."

문을 열자 할머니가 떡 상자를 힘겹게 내려놓았다. 그랬다. 할머니는 해마다 언니와 내 생일 때마다 수수팥떡을 해 왔다. 난 꿀떡을 좋아하는데.

"선우 생일 떡이다. 이건 용돈."

할머니가 봉투를 내밀었다.

"감사합니다."

봉투를 받으며 꾸벅 인사를 했다. 언니가 두 손을 내밀며 말했다.

"존버 할머니 나도요."

할머니가 웃으며 지갑을 꺼냈다.

"그래, 우리 선희! 자, 이걸로 뽑기 해라!"

언니는 할머니가 준 만 원을 들고 방방 뛰었다. 할머니가 집 안을 살피며 물었다.

"이 서방은?"

"아빠 어제 안 왔어요. 팀 연습해요."

할머니가 고개를 끄덕였다.

"우리 이 서방이 상금만 받으면 아파트 대출도 갚고 좀 편할 텐데."

엄마가 얼른 할머니 말을 잘랐다.

"그런 부담 선희 아빠한테 주지 마세요. 난 진짜 거기까지 안 바래. 선희 아빠 나이도 있고 젊은 친구들 인기를 어떻게 따라가요. 그냥 무대에 서서 자신감 얻은 것만으로 만족해."

할머니가 엄마를 노려보며 말했다.

"너는 그게 문제야. 네가 그러니까 정석이가 못 크는 거야. 남자한테 포부를 심어 줘야지 그만하면 됐다 됐다 하는데 무슨 포부가 생기겠어! 지난번 사라는 주식 좀 샀어? 그거 곧 올라갈 거래."

"엄마! 나 주식 안 한다니까요. 엄마도 자꾸 손해 본다면서 그만하세요."

"요즘 주식 안 하는 바보가 어딨냐? 내 노후 준비는 내가 알아서 할 거야. 하튼 몇 개 사 봐. 그래야 주식의 맛을 알지."

"난 진짜 안 궁금해요."

역시 엄마와 할머니의 대화는 길게 가는 법이 없다.

갑자기 언니가 노래하듯 말했다.

"반도체는 금성전자, 의료 주는 클로리아, 조선 주는 미래중공업, 교육 주는 메가솔루션!"

놀란 할머니가 손뼉까지 치며 언니를 치켜세웠다.

"똑똑하기는 우리 선희 따라올 자가 없는데. 내가 딱 한 번 말했는데 그걸 어떻게 다 외웠어. 어째서 우리 선희가 장애인일까."

언니가 할머니 등을 토닥이며 말한다.

"나는 발달장애인. 이선희는 발달장애인. 할머니 내 콘서트 오세요."

할머니는 한숨을 내쉬며 일어났다.

"선희야, 올해는 할머니가 계 모임 취소하고 가는 거니까 잘해."

언니는 방방 뛰며 할머니를 안아 주었다.

"존버 할머니 최고!"

굳게 굳어 있던 할머니 얼굴에 미소가 번졌다. 그러고 보니 할머니를 웃게 하는 유일한 사람은 언니뿐이다. 사람들은 장애가 있는 언니 때문에 우리 집이 불행할 거라고 생각하지만 언니는 할머니나 엄마 아빠를 자주 웃게 한다. 오히려 가족들 인상을 찌푸리게 하는 건 나다. 이런 걸 아이러니라고 하는 건가.

할머니가 해 온 떡은 따끈따끈했다. 엄마가 내 입에 떡을 넣어 주며 말했다.

"이 집이 진짜 떡을 잘해. 엄마가 할머니한테 툴툴대는 건 할머니를 닮아서 그래. 할머니도 속정은 깊은데 표현을 못 하시잖아. 너희는 표현을 잘하고 살면 좋겠어."

너희라는 말은 언니와 내가 아닌 나한테 한 말이란 걸 안다. 언니는 우리 중 가장 표현을 잘하니까.

옷을 갈아입고 책상 위를 보니 편지가 하나 놓여 있었다. 아까 언니가 후다닥 내 방에서 달려 나온 이유가 이거였나 보다.

선우야, 어제 우리 구해 줘서 고마워.
장애인 주차 구역에는 장애인만 주차할 수 있어.
나는 이선우가 참 좋아.
용감한 내 동생 이선우가 참 좋아.
사랑해. 선우야.

나도 모르게 쓴웃음이 나왔다. 언니를 버리고 도망쳤던 나에게 용감하다니. 엄마가 싸 준 생일 떡을 들고 집을 나왔다. 복지관 앞에 도착하니 9시 40분이었다. 수호와 혜주가 복지관 앞에 서 있었다. 날도 추운데 들어가서 기다리지, 나를 더 미안하게 하려는 속셈이 분명했다. 예상대로 수호는 온 힘을 다해 나를 노려보았다. 그러거나 말거나 복지관으로 먼저 들어갔다.

수호는 뒤따라오면서도 잔소리를 잊지 않았다.

"너 내가 전화 안 했으면 10시 넘어서 왔을걸? 약속은 목숨과 같이 지키라고 했어."

"와, 너 요즘 진짜 책 봐?"

혜주의 물음에 수호가 으스대듯 말했다.

"나 우리 학교 도서관 대출 1위로 다독상 받았어."

도무지 믿을 수 없는 말이었다.

"무슨 꿍꿍이가 있겠지. 혹시 도서부 여자애 중 예쁜 애 있냐?"

수호 얼굴이 시뻘겋게 달아올랐다. 그냥 던진 말에 이렇게 빨개질 줄이야. 혜주와 나는 마주 보고 고개를 끄덕였다.

혜주가 선물 받은 새 옷을 가리키며 말했다.

"잘 어울려. 예쁘다."

복지관 안은 벌써 여러 부스가 행사를 준비하고 있었다. 우리는 수호를 따라 죽음 체험 부스 앞으로 갔다. 부스 앞 행사 플래카드에 "김포 복지박람회 요람에서 무덤까지"라고 쓰여 있었다. 그 아래에는 "임종 체험을 통해 새롭게 태어나는 마음의 울림을 만나세요"라고 쓰여 있었다. 수호가 대표로 접수했다. 행사 담당자가 우리를 보며 말했다.

"학생들 진짜 대단해. 내가 10대 때 이런 경험을 했다면 내 인생이 달라졌을 거야. 난 이 경험을 한 지 얼마 안 됐거든. 너무 좋아서 이렇게 자원봉사 하고 있어."

수호가 뒤돌아서 우리를 보고 손가락으로 브이 자를 그렸다.

"서둘러들 왔구나."

은옥 할머니였다.

"오늘 이거 끝나고 어디 갈 데 없으면 우리 집에서 밥 먹자."

혜주가 은옥 할머니의 팔짱을 끼었다.

"어디 갈 데가 있어도 취소해야죠."

그때 행사 담당자가 종이를 들고 다가왔다.

"오신 순서대로 여기 테이블에 앉아서 유언장을 쓰면 됩니다. 한 시간 뒤에 죽음을 맞는다고 생각하고 진지하게 써 주세요."

한 시간 뒤에 내가 죽는다니. 언제 죽어도 상관없다고 생각했는데 마음이 이상했다.

'유언장'은 쓰기 편하게 몇 가지 목록으로 나뉘어 있었다.

1. 주소:

2. 가족에게 전하는 말:

3. 재산 분배에 대해서:

4. 장례에 대해서:

5. 생애 가장 행복했던 순간:

6. 남아 있는 이들에게 남기고 싶은 말:

볼펜을 들고 주소를 적었다. 가족에게 전하는 말에서부터 머릿속이 하애졌다. 옆을 보니 다들 열심히 무언가를 적고 있었다. 우리보다 조금 늦게 도착한 몇몇 사람들도 마찬가지였다. 아무리 생각해도 가족에게는 미안하다는 말 말고는 떠오르지 않았다. 그래서 미안하다고 적었다. 재산 분배에 관해서는 쓸 말이 없다고 생각했는데, 불현듯 통장에 모아 둔 삼십만 원이 떠올랐다.

제 전 재산은 매주 금요일마다 언니가 뽑기를 할 수 있게 이천 원씩 주세요.

내 전 재산이 언니에게 150번의 기쁨을 줄 수 있다니 뿌듯했다. 뿌듯함도 잠시, 갑자기 아빠가 생각났다. 언니 옆에 처량하게 앉아 나를 그리워할 아빠가 떠오르자 말도 안 되게 눈물이 나오려고 했다.

얼른 마음을 다잡고 내 장례식을 상상해 보았다. 내 장례식은 슬프지 않았으면 좋겠다. 외국 영화처럼 나와 함께 해서 가장 좋았던 순간들을 한 사람씩 돌아가면서 말해 주면 좋겠다는 생각이 들었다. 그러나가 나도 모르게 한숨이 나왔다. 내가 누군가에게 행복을 준 적이 있었는지…. 결국 4번 질문에는 아무 말도 쓰지 못했다.

5번은 심각하게 고민이 되었다. 내 생애 가장 행복했던 순간이 있었나, 기억을 더듬어 보는데 뜻밖의 기억이 떠올랐다.

초등학교 4학년, 글쓰기 상을 받은 뒤로 언니가 장애인이라고 나에 대해 수군거리는 아이들이 있었다. 그때 수호와 혜주가 그 아이들을 한 명씩 찾아가 경고장을 줬다는 것을 뒤늦게 알게 되었다. 그 경고장에는 이선우를 건드리는 사람은 우정의 이름으로 용서하지 않겠다고 쓰여 있었다고 했다. 수호는 그때나 지금이나 야구부라서 모두가 함부로 못 하는 대상이다. 든든한 수호 옆에서 단단한 글씨로 경고장을 써 준 혜주, 그 사실을 뒤늦게 알았을 때 나는 죽을 때까지 수호와 혜주에게 의리를 지키겠다고 결심했다.

죽을 때까지 의리를 지키고 싶은 친구들이 유언장을 쓰는 마지막 순간에 내 눈앞에 있어 다행이다. 오글거리지만 수호와 혜주가 내 옆에 있어 준 게 가장 큰 행복이었다. 내가 나로 웃고 떠들 수 있게 해 준 친구들이 새삼 고마웠다.

남아 있는 이들에게 전하고픈 말은 바로 떠올랐다.

고맙습니다.

죽음이 정말 가까이 다가왔다고 생각하니 모든 게 고마웠다. 나를 안 좋아한다고 생각했던 할머니까지도. 생각해 보면 모두 다 고마운 사람들이다.

홀쩍이는 소리에 고개를 들어 보았다. 내가 쳐다보자 수호는 일부러 코를 세게 풀었다.

"코감기야. 코감기."

혜주도 손등으로 눈을 비비고 있었다. 은옥 할머니 종이는 정말 빽빽했다. 할머니는 쓸 말이 많은 것 같았다. 우리보다 뒤에 온 어떤 할아버지도 빼곡하게 종이를 채워 나가고 있었다. 삶을 잘 산 사람은 유언장에 쓸 말이 많은가 보다.

유언장을 다 쓰자 관 앞으로 한 사람씩 나오라고 했다. 정말 텔레비전에서만 보던 나무로 만든 관이 바닥에 놓여 있었다.

행사 담당자가 말했다.

"유언장을 읽고 싶으신 분은 낭독하고 관에 들어가도 좋습니다. 선착순으로 한 분씩 체험해 보겠습니다. 관 뚜껑을 덮고 1분 뒤에 열어 드릴 겁니다. 혹시 그 전에 나오고 싶으신 분은 노크하시면 바로 열어 드리겠습니다. 핸드폰을 주시면 사진도 찍어 드립니다."

어쩌다 보니 우리가 맨 앞에 있었다. 수호가 우리 눈치를 보다가 앞으로 나갔다. 수호는 유언장을 들고 잠깐 망설이더니 물었다.

"한 부분만 읽어도 돼요?"

행사 담당자가 고개를 끄덕이자 수호가 떨리는 목소리로 유언장을 읽었다.

"남이 있는 분들에게 남깁니다. 짧은 인생을 돌아보니 모든 게 아섭습니다. 죽음을 마주하니 진짜 후회되는 한 가지가 있습니다. 저는 인생을 즐기지 못한 것 같습니다. 여러분은 꼭 무슨 일을 하든 즐기면서 했으면 좋겠습니다. 다시 태어난다면 저는 야구를 더 즐겁게 하고 싶습니다."

한 대 맞은 기분이었다. 다시 태어나면 야구를 안 한다고 할 줄 알았는데 더 즐겁게 하고 싶다니. 담담한 표정으로 수호가 관에 누웠다. 덩치 좋은 수호가 눕자 관이 꽉 차는 것 같았다. 혜주가 수호의 모습을 카메라로 찍었다. 수호는 씩 웃으며 손가락으로 브이 자를 그렸다. 그제야 수호다웠다. 행사 담당자가 수호가 누워 있는 관 뚜껑을 덮었다. 그리고 그 위에 국화 한 송이를 올려놓았다.

생각보다 1분이 길었다. 수호가 진짜로 죽어서 저 속에 누워 있는 게 아니라서 정말 다행이라는 생각이 들었다. 수호한테 잘해 준 게 하나도 없어서 미안한 마음이 들려는 찰나 관 뚜껑이 열렸다. 수호의 눈이 붉게 충혈되어 있었다. 수호 다음으로 혜주가 들어갔다. 혜주는 유언장을 읽지 않고 가슴에 품고 관에 누웠다. 수호는 혜주의 모습을 다양한 각도로 사진을 찍었다. 혜주가 나오고 내 차례가 되었다.

바닥이 너무 차서 깜짝 놀랐다. 수호가 카메라를 들자 얼른 얼굴을 가렸다. 지금의 내 표정을 남기고 싶지 않았다. 관 뚜껑이 덮였다. 갑자기 숨이 턱, 막히는 것 같았다. 그때 밖에서 웅성거리는 소리가 들려왔다. "아, 들린다." 나도 모르게 혼잣말이 나왔다. 왜인지 정말 모르겠는데 언니와 온유가 떠올랐다. 이대로 헤어지면 가장 후회할 것 같은 사람들. 눈물이 볼을 타고 흘러내렸다. 그 어느 때보다 마음은 차분한데 이유를 알 수 없는 눈물이 흘렀다.

관 뚜껑이 열렸다. 환한 빛에 눈이 찌푸려졌다. 수호와 혜주가 손을 내밀었다. 죽을 때까지 의리를 지켜야 하는 두 녀석의 손을 잡고 일어났다. 마주 잡은 우리의 손에 누가 먼저랄 것도 없이 힘이 들어갔다.

은옥 할머니 차례가 되었다. 할머니는 담담한 표정으로 관에 누웠다. 수호가 카메라를 들자 할머니는 온화한 미소를 지으셨다. 관 뚜껑이 닫혔다. 마음이 덜컥 내려앉았다. 어릴 때부터 지금까지 한결같이 나를 사랑으로 대해 줬던 은옥 할머니. 할머니가 잠시 안 보이는 것뿐인데도 목이 멨다. 1분 뒤 뚜껑이 열리고 우리는 달려가 할머니를 일으켜 세웠다. 할머니 눈가에 눈물이 맺혀 있었다.

"대견한 녀석들. 고맙다 고마워."

은옥 할머니는 우리를 한 사람씩 꼭 안아 주면서 같은 말을 반복했다. 나도 진심으로 고마웠다. 할머니가 우리 옆에 있어 줘서.

관에 들어갔다 나오니까 이상하게 배가 아팠다. 행사 때문인지 화장실 앞 줄이 길었다. 그때 막 화장실 문을 열고 들어가는 익숙한 뒷모습이 보였다. 잔뜩 부풀린 머리 스타일만 봐도 할머니가 맞았다. 할머니가 들어간 칸에서 익숙한 전화벨 소리가 들려왔다. 요란한 멜로디와 함께 "아모르 파티"를 외치는 그 소리 뒤이어 할머니

의 목소리가 들렸다. 할머니와 마주칠까 봐 서둘러 화장실을 나왔
다. 할머니는 이 시간에 왜 여길 왔을까.

날아가도 괜찮아

"대박! 할머니 진짜 우리를 위해서 이 음식을 다 하신 거예요?"

식탁에 차려진 음식을 보고 우리는 입을 다물지 못했다. 내가 제일 좋아하는 잡채도 있었다.

"그럼, 죽었다가 다시 살아났으니 이 정도 대접은 받아야지."

수호가 할머니에게 엄지 척을 했다. 우리는 다 같이 "잘 먹겠습니다"를 외치고 젓가락을 들었다. 고소한 냄새가 훅 끼치는 야들야들한 잡채를 입에 넣자 저절로 미소가 번졌다. 밥을 다 먹을 즈음 가방 속에 있는 생일 떡이 생각났다.

"참, 떡 가져왔어. 나중에 먹어."

수호가 탄산음료를 마시고 구석으로 가더니 거하게 트림을 했다.

"트림 한 방이면 소화는 끝나지. 이 집 떡 진짜 맛있잖아."

은옥 할머니가 금테를 두른 차안 접시에 수수팥떡을 예쁘게 담아 왔다. 할머니는 과자 하나도 그냥 주는 적이 없다. 할머니의 접시에 올라가면 어떤 것이든 빛나 보였다. 혜주가 떡을 한 입 넣고는 한숨을 내쉬었다.

"넌 좋겠다. 생일 때마다 떡 해 주는 할머니도 있고."

아무 대꾸도 하지 않았다. 우리 할머니를 부러워하다니. 떡 해 주는 날은 1년에 딱 한 번인데.

수호가 비장한 표정으로 말했다.

"아무리 생각해도 우리끼리라도 유언장은 낭독해야 할 것 같지 않냐? 아까는 모르는 사람들이 있었지만."

혜주와 눈이 마주쳤다. 우리끼리 있지만 굳이 낭독하고 싶지는 않았다. 우리 표정을 읽고 수호가 재빨리 말을 바꿨다.

"그럼 이건 어때? 제비를 뽑아서 그 번호에 해당하는 것만 읽어 보는 거야. 할머니, 할머니도 하실 거죠?"

"나? 아니, 너희끼리 해라."

수호가 할머니 팔짱을 끼면서 아양을 떨었다.

"에이, 우리 어차피 같은 팀이잖아요. 비밀 잘 지킬게요."

수호 애교에 결국 할머니가 웃고 말았다. 수호는 당장 쪽지에 2번부터 6번까지 적었다.

"그럼 뽑은 건 다시 넣지 않기. 자, 가위바위보!"

수호가 제일 먼저 이겼다. 내가 2등, 은옥 할머니 3등, 혜주가 꼴찌였다.

"그래, 나부터!"

혜주가 통에 손을 넣고 휘휘 저어 종이를 뽑았다. 이게 뭐라고 긴장이 됐다. 혜주가 종이를 펼쳤다. 혜주가 뽑은 종이는 2번, 가족에게 전하는 말이었다. 혜주는 유언장을 들고 숨을 크게 내뱉었다. 그러고는 어색하게 웃었다.

"사랑하는 엄마, 아빠, 혜수, 혜성! 그동안 밖에서만 착한 척하고 엄마 아빠한테 대들고 너희들한테 화낸 거 정말 미안해. 나도 사실은 우리 집에 돈이 많았으면 좋겠다고 생각했어. 가끔 부잣집 외동딸로 사는 상상도 했고. 이제 곧 죽는다고 생각하니까 마음이 진짜 이상해. 가족들한테 고맙고 미안했던 일들만 생각나. 부잣집 외동딸을 부러워하긴 했지만, 너희들 언니 누나여서 엄마 아빠 딸이어서 좋았어. 진짜야. 모두 고마웠어. 그리고 미안해."

목소리가 조금씩 떨리더니 혜주는 결국 눈물을 흘렸다. 은옥 할머니가 혜주를 꼭 안고 토닥여 주었다. 혜주네 집은 방이 두 개다. 안방은 엄마 아빠 혜성이가 쓰고 혜주와 혜수가 방 하나를 쓴다. 요즘 매일 6학년 혜수가 자기 방을 달라고 떼를 쓰고 있다. 혜주 이모가 얼마 전에 그 일 때문에 울었다고 했다.

혜주가 이런 생각을 하는지 몰랐다. 혜주도 혜주만의 고민으로 복잡했을 텐데 혜주를 질투나 했던 내가 부끄러웠다. 혜주가 눈물을 그치자 할머니가 통 속에 손을 넣었다. 할머니가 뽑은 종이는 5번, 생애 가장 행복했던 순간에 대해서였다.

은옥 할머니가 목을 가다듬고 유언장을 읽었다.

"우습게도 가장 행복했던 순간이 공무원 합격했을 때와 공무원을 그만둔 날이었다. 합격했을 때는 내 힘으로 돈을 벌 생각에 행복했는데 정작 그 일은 나와 맞지 않았다. 오십이 넘어 정년을 채우지 못하고 그만두는 것이 실패자처럼 여겨져 이러지도 저러지도 못하다 결단하고 그만둔 날 마음이 참 가벼웠다. 지나고 보니 그만두는 게 그렇게 큰일이 아니었는데 그때는 왜 그리 이 말 저 말 들으며 끙끙 앓았는지. 지금 생각해 보니 나는 많이 느린 사람 같다. 시간이 한참 지나고 나서 행복을 느낄 때가 많으니."

은옥 할머니가 다 읽었다는 듯 우리를 보고 미소를 지었다.

"내가 아는 할머니 중에 최고!"

수호가 은옥 할머니에게 '엄지 척'을 하고는 내 앞으로 통을 내밀었다. 가장 먼저 잡히는 종이를 꺼내서 펼쳤다. 내가 뽑은 종이는 6번 남아 있는 사람들에게 하고 싶은 말이었다. 내가 가장 짧게 쓴 부분인데 하필…. 할머니, 수호, 혜주를 차례로 보고 유언장을 펼쳤다. "고맙습니다"를 읽으려는데 엉뚱한 말이 튀어나왔다.

"모두 존버하세요."

수호와 혜주가 난감한 표정을 지었다. 난감하기는 나도 마찬가지였다. 은옥 할머니가 얼른 손뼉을 쳤다.

"짧고 굵어서 좋다!"

마지막 주자는 수호였다. 수호는 통 속에 남은 종이 두 개 중 심혈을 기울여서 한 장을 뽑았다. 수호가 뽑은 종이는 4번 장례에 대해서였다. 수호는 목을 가다듬고 유언장을 읽어 나갔다.

"제 장례식은 미니 야구장처럼 꾸며 줬으면 좋겠습니다. 장례식에 온 모든 사람은 줄에 매달린 공을 배트로 신나게 치고 1루부터 3루까지 돌아 홈인해 주세요. 홈인할 때마다 제가 녹음한 '세이프'를 틀어 주세요. 홈런과 세이프 둘 중에 어떤 말을 녹음할까 고민했는데 마지막까지 뛰어야 들을 수 있는 '세이프'를 선택했습니다. 모두 제 목소리로 녹음한 '세이프'를 들으며 야구를 사랑했던 한 사람, 김수호를 기억해 주시길 바랍니다. 마지막으로 장례식에 오신 모든 분께는 세계적인 야구 선수 김수호의 사인 볼을 선물로 드리겠습니다."

"우우."

나와 혜주가 동시에 엄지를 아래로 내렸다. 우리가 하나 될 때는 수호를 놀릴 때다. 은옥 할머니가 수호 등을 토닥여 줬다.

"역시 수호! 늙은 나까지 끼워 줘서 정말 영광이야."

누가 먼저랄 것도 없이 할머니를 꼭 안아 드렸다. 할머니와 우리가 진짜 하나가 된 것 같았다. 동지애, 온유가 그토록 원하던 것이 이런 건가 보다.

할머니 집을 나와서 햄버거 가게로 갔다.

수호가 아이스크림을 사서 테이블로 왔다.

"아까 안 무서웠나? 나는 관에 들어갔을 때 숨이 딱 막히더라. 미랄까 이게 진짜 내 인생 끝이면 너무 억울하겠더라고."

혜주가 고개를 끄덕였다.

"난 네가 다시 태어나면 야구를 더 즐겁게 하고 싶다는 말에 도전받았어. 그리고 은옥 할머니도 눈치를 보며 살았다는 말에 힘을 얻고. 그래서 말인데…"

혜주가 뜸을 들이다 말을 꺼냈다.

"나 있잖아… 아무래도 말이야… 유튜브 할까 봐. 내 춤을 매일 기록하고 싶은 마음은 있었는데 악플이 무서워서 못 했어. 근데 관에 들어가니까 그게 다 무슨 소용인가 싶었어. 사실 악플도 누가 봐 줘야 다는 거잖아."

"난 무조건 응원!"

수호도 내 말을 거들었다.

"맞아. 눈치 보지 말자."

혜주가 힘차게 고개를 끄덕였다. 혜주라면 잘할 것 같았다. 혜주니까.

"선우 넌?"

내가 고개를 내젓자 수호가 호탕한 척 웃었다.

"괜찮아! 그럴 수도 있지. 아직 우리한테 시간이 많아요. 선우는 좀 생각파잖아. 생각이 많으면 결정하는 데 시간이 더 걸리는 법이지. 암튼 오늘 최고의 이벤트였어."

애들과 헤어져서 집으로 가는 길, 갑자기 SNS 알림 메시지가 떴다. 가입은 했지만 글을 남긴 적은 없다. 유일한 SNS 친구 수호나 혜주가 글을 올릴 때만 뜨는 알림인데 자세히 보니 나한테 메시지가 왔다는 표시였다.

5단지 마트 앞에서 봤어. 사실 내 동생도 장애인이거든.
언니가 발달장애인이라고 당당하게 말하는 모습에 충격받았어.
난 길에서 동생을 못 본 체할 때도 있거든.
당찬 네 모습에 반했어. 우리… 친구가 될 수 있을까?

읽고 또 읽어 보았다. 분명 나한테 보낸 메시지가 맞았다. 얼마 전에 언니를 두고 도망쳤던 내가 갑자기 당찬 사람이 되어 있었다. 이 아이가 친구가 되고 싶어 하는 건 지금의 내가 아니라 그날의 내 모습이다. 아마 이 아이도 그 상황이었다면 그렇게 했을 것이다. 그게 가족이니까. 답장을 보낼 수가 없었다. 그날의 나는 이미 내 속 깊이 들어가 버렸으니까.

집에 들어가자 안방에서 기타 소리가 들렸다. 아무도 없는 줄 알았는데 아빠가 들어온 모양이다. 소파에 조용히 앉았다. 기분 탓인지 아빠의 기타 연주가 서글프게 들렸다. 몇 번의 기타 연주가 끝나고 아빠 노랫소리가 들려왔다. 나도 모르게 방문에 가까이 다가갔다.

바람을 기다려

먼 곳으로 데려다줄 바람

바람을 기다려

그곳으로 데려다줄 바람

바람은 알고 있어

날고 싶은 내 마음

바람은 알고 있어

기다리고 있는 날

바람을 타고 날아올라 봐

날아가도 괜찮아

이제는 날아가도 괜찮아

길을 잃어도 괜찮아

아빠의 자작곡이라는 걸 단번에 알았다. 언니가 말했던 '날아가도 괜찮아요'가 들어가 있으니까. 핸드폰을 무음으로 바꾸고 조심스럽게 녹음 버튼을 눌렀다. 아빠는 반복하고 또 반복해서 노래를 불렀다. 아빠를 방해하고 싶지 않아서 조용히 집을 나왔다.

그냥 걸었다. 걸으면서 아빠 노래를 다시 들어 보았다. 아빠가 만든 노래는 생각보다 좋았다. 아빠에게 이런 실력이 있는 줄 몰랐다. 아빠는 그저 살림하고 언니를 돌보는 사람인 줄만 알았는데. 아빠가 처음으로 가수처럼 느껴졌다. 언니는 왜 날아가도 괜찮다고 했을까. 가끔 언니가 이런 말을 툭 뱉고 지나갈 때 너무 궁금해진다. 아주 가끔은 언니가 우리 모두에게 부족한 척 연기를 하고 있다는 생각이 들 때도 있다. 사실은 모든 걸 알고 있는데 부족한 척 연기를 하는 것 같은 느낌.

누군가 툭 치는 느낌에 깜짝 놀라 뒤를 봤다.

"몇 번을 불렀는데도 못 들어?"

할머니였다. 할머니는 아까 복지관에서 봤던 그 외투를 입고 있었다. 양손에 커다란 비닐봉지를 든 할머니는 대뜸 하나를 내밀었다.

"어디 가세요?"

"너희 집! 엄마도 거의 다 왔대. 느이 아빠 화면에서 죽 한 그릇도 못 얻어먹은 것처럼 삐쩍 말라 보여서 몸보신 좀 시켜 주려고."

요즘 부쩍 아빠를 챙기는 할머니가 어색했다. 무엇보다 할머니와 나란히 걷는 게 너무 어색했다. 집에 들어가자 엄마와 언니도 와 있었다. 언니가 할머니에게 달려와 초대장을 건넸다.

"존버 할머니 예수님 생일 전날이 내 콘서트예요."

"응, 가야지. 올해는 간다고 했잖아."

언니가 속한 장애인부 오케스트라는 매년 크리스마스이브에 콘서트를 연다. 갑자기 온유가 생각났다. 어쩌면 다음 주에 볼지도 모른다는 두려움 같기도 한 두근거림은 뭔지. 엄마와 할머니는 주방에서 삼계탕을 끓였다. 아빠는 삼계탕이 끓는 동안 언니의 비이올린 연습을 도와주었다.

그때였다. 아빠 핸드폰 벨 소리가 울렸다. 화면에 '메인 작가님'이라고 떴다. 나는 얼른 핸드폰을 아빠한테 갖다주었다. 아빠는 방으로 들어가 전화를 받았다. 할머니를 거들던 엄마가 나와서 누구냐고 물었다.

"메인 작가님이라고 뜨던데?"

엄마는 놀란 얼굴을 하고 방문에 귀를 갖다 댔다. 한참 뒤에 아빠가 나왔다. 엄마는 아빠에게 다가갔다.

"왜? 왜 전화 온 거야? 아까 유튜브 조회 수 봤는데 당신 그제 부른 노래가 삼십만이 넘었어. 그것 때문에 전화 온 거야?"

아빠가 고개를 내저었다.

"그게 실은, 안 된다고 했는데 한 번만 더 생각하면 안 되냐고 전화한 거야."

"뭘?"

잠자코 아빠 얘기에 귀를 기울였다.

"가족들 촬영하면 안 되냐고. 우리 일상. 내가 선희 학교 데려다주고 집안일 하는 일상 말이야."

주방에 있던 할머니까지 나왔다.

"그걸 왜 안 한다는 거야? 당연히 해야지.

엄마가 할머니 말을 잘랐다.

"잘했어. 나는 당신이 노래로 인정받는 게 좋아. 우리 애들은 보호해야지."

할머니가 엄마를 노려보았다.

"방송국에서 하라고 하면 해야지. 나는 그 어리디어린 25호가 택배 일 하면서 노래하는 것 보고 팬이 됐는데. 너네만 고상한 척해 봐야 세상이 알아주지도 않아."

엄마가 머리에 손을 올리고 소리를 질렀다.

"엄마! 제발!"

엄마가 할머니한테 저렇게 크게 소리를 지른 건 처음이다. 할머니도 지지 않았다.

"너는 그게 문제야! 선희 장애인인 거 다 아는데 그게 뭐 어때서!"

할머니는 부들부들 떨기까지 했다. 엄마가 한마디 더 하려는데 아빠가 나섰다.

"장모님, 장모님 말씀도 맞는데요 제가 안 한다고 했어요. 저도 처음에는 잠깐 흔들렸습니다. 근데 잘 생각해 보니 제 욕심이 맞더라고요. 선희랑 촬영하면 사람들 호기심 끌기에 더없이 좋다는 걸 방송국 사람들은 아는 거예요. 작가님이 방금 그러더라고요. 제 인기가 더 올라갈 거라고요. 그래서 더 안 한다고 했어요. 우리 선희 내세워서 조회 수 올리고 싶지 않아서요."

할머니가 앞치마를 벗어 던졌다.

"싸긋긋! 인기가 올라길 깃 길면 할 수 있지. 너 그것도 교만

이야. 선희는 저렇게 텔레비전에 나오고 싶어 하는데. 선희가 텔레비전에 나와서 사람들한테 사랑받으면 좋지! 장애인이 텔레비전에 나와서 친근해지면 얼마나 좋아! 내가 앞으로 니네 일에 신경 쓰나 봐라! 정석이 너 생방송 나가도 문자 투표 안 해 줄 거야!"

할머니는 현관문을 쾅 닫고 나가 버렸다. 언니는 아빠 팔을 붙잡고 졸라 댔다.

"선희 텔레비전에 나가고 싶어. 선희도 아빠처럼 텔레비전에 나오고 싶어."

집 안 분위기와 상관없이 구수한 삼계탕 냄새가 온 집에 가득했다. 엄마는 안방으로 들어가 버리고 아빠는 소파에 멍하니 앉아 있었다. 언니는 아빠 팔을 붙잡고 계속 텔레비전에 나가고 싶다고 징징댔다. 아빠가 아무런 대꾸도 하지 않자 언니가 아빠 팔을 붙들고 노래를 부르기 시작했다.

"텔레비전에 내가 나왔으면 정말 좋겠네…."

그렇다. 언니와 내가 다른 그것, 눈치 없는 언니를 보는데 내 속의 모든 것이 솟구쳐 오르는 것 같았다.

"야, 그만 좀 징징대! 이게 다 이선희 너 때문이잖아!"

놀란 언니가 갑자기 소리를 지르며 빙빙 돌기 시작했다. 꼭 무기처럼, 자기가 필요할 때만 저 소리를 내는 언니가 미치도록 싫었다. 아빠는 언니를 붙잡고 달래기 바빴다.

"아, 지겨워! 저거 일부러 저러는 거 아니야?"

아빠가 언니를 안은 채 소리쳤다.

"야, 이선우!"

"왜! 뭐!"

언니가 더 크게 소리를 지르며 손에 잡히는 물건을 집어 던지기 시작했다. 아빠는 언니를 두 팔로 제압하며 진정하라는 말을 반복했다. 이 와중에도 언니밖에 모르는 아빠가 너무 미웠다. 엄마가 안방 문을 벌컥 열고 나와서 벌게진 눈으로 나를 노려보았다.

"사춘기가 벼슬인 줄 알아? 왜 이렇게 못되게 굴어!"

지고 싶지 않았다. 엄마 아빠를 더 아프게 하고 싶었다.

"그럼 장애인이 벼슬이야? 왜 다 이선희 위준데! 왜! 차라리 내가 장애인이 될 걸 그랬어!"

순식간에 엄마의 손이 내 얼굴로 날아들었다. 정신이 번쩍 들 만큼 아팠다. 그대로 뛰쳐나왔다.

문 앞에 택배가 있었다. 택배 봉지에 빨간 글씨로 '총알 배송'이라고 붙어 있었다. 보내는 사람에 이온유가 쓰여 있었다. 택배를 들고 엘리베이터를 탔다. 밖으로 나오자 칼바람이 온몸을 찌르는 것 같았다. 더 춥고 더 아팠으면 싶었다. 이대로 영영 사라져 버리게.

길을 잃어도 좋아

　엎친 데 덮친 격으로 눈발까지 날렸다. 온몸이 덜덜 떨렸다. 핸드폰 벨이 울려서 보니 아빠였다. 핸드폰 전원을 꺼 버렸다. 집에서 최대한 멀리 가고 싶었다. 문제는 주머니에 이천 원밖에 없었다. 지갑이 외투 속에 있는데 외투는 들고나올 걸 후회가 됐다. 이 모든 상황이 너무 억울했다.

　'왜, 왜, 나한테만⋯.'

　엄마한테 맞은 뺨은 아직도 얼얼했다.

　지하철역 안으로 들어가니 조금 온기가 느껴졌다. 한참 동안 노선도를 보았다. 돈도 없는데 어디로든 떠나고 싶었다. 노선도를 보다가 고속터미널역으로 정했다. 지하철을 기다리면서 총알 배송이라고 쓰여 있는 택배 봉투를 열었다. 봉투를 열자 작은 파일이 나왔다. 파일 안에는 노트 한 권과 연필 한 자루, 지우개가 있었다. 까만 노트 표지에 하얀 글씨로 '이선우 탐구 영역'이라고 쓰여 있었다. 봉투를 버리고 지하철에 탔다. 외투를 안 입은 사람은 나밖에 없었다. 자리에 앉자 엉덩이부터 따뜻해졌다. 지하철이 이렇게 따뜻한 곳인지 몰랐다. 노트를 조심스럽게 펼쳐 보았다. 총 50가지의 질문이 있었다. 질문 아래에는 글을 쓸 수 있는 여백이 있었다.

첫 번째 질문은 "당신은 지금 어떤 기분을 느끼는가?"였다. 뭐라도 하지 않으면 미쳐 버릴 것 같았다.

존나 짜증. 거지 같다. 모든 게!

두 번째, 세 번째, 열 번째까지 답을 적었다. 적다 보니 내 안의 분노가 조금씩 누그러지는 것 같은 이상한 기분이 들었다. 그리고 열한 번째 질문에서 막혔다.

가족 구성원이 당신에게 들으면 가장 행복해할 말을 적어 보세요.

노트를 덮었다. 딱 자기 같은 선물을 보냈다. 지하철 안을 가만히 둘러보았다. 사람들은 모두 핸드폰만 보고 있었다. 그제야 핸드폰이 생각나 전원을 켰다. 집을 나온 지 정확히 한 시간 십 분이 지나고 있었다. 부재중 전화가 132통이 와 있었다. 뭔가 승리한 기분이었다. 이삐기 전 전화가 100통이 넘었고 수초아 혜주 이름도 보였다. 엄마는 없었다. 쳇, 어차피 기대하지도 않았다.

다시 전원을 껐다. 이 정도면 괜찮은 복수다. 엄마 아빠가 더 아팠으면 좋겠다. 더 많이 걱정하고 더 많이 슬퍼했으면 좋겠다. 이대로 먼 외국으로 갈 수만 있다면 얼마나 좋을까. 오늘이 내가 그토록 원하던 독립의 날이었으면 얼마나 좋을까. 지긋지긋한 이 집에서 가장 멀리 갈 수만 있다면 좋을 것 같았다. 터미널로 가기 위해 지하철을 갈아탔다. 점점 사람들이 많아졌다. 모두들 두툼한 외투를 입었는데 누가 봐도 내 모습이 초라해 보였다. 지하철 문이 열릴 때마다 매서운 칼바람이 치고 들어왔다.

터미널에 도착해서 밖을 보니 이미 어둠이 짙어졌다. 배는 고프고 막상 어떻게 해야 할지 막막했다. 사람들은 저마다 갈 곳이 분명한 것처럼 각자 타야 할 버스에 올라탔다. 점심을 그렇게 많이 먹었는데 배가 고픈 게 신기했다.

은옥 할머니가 떠올랐다. 배가 고프니까 은옥 할머니가 더 생각났다. 혹시 몰라 핸드폰 전원을 켰다. 부재중 전화는 아까보다 더 많이 와 있었고 아빠의 메시지도 있었다.

선우야. 아빠가 다 잘못했어.
빨리 전화 좀 받아. 응?

혜주는 메시지와 함께 이만 원을 보내왔다.

너 지갑도 안 갖고 나갔다며. 돈 필요할 것 같아서.

그리고 나 지금 무작정 나왔어. 너 찾으려고.

네가 원하지 않으면 절대 이모랑 아저씨한테 말 안 할 거야.

어디야. 내가 가고 있어. 어딘지 모르지만 가고 있어.

눈물이 핑 돌았다. 사실 조금 무서웠다. 밖이 점점 어두워지고 있었으니까. 혜주한테 답장을 보냈다.

나 고속터미널역이야. 고마워.

혜주는 곧장 답장을 보냈다.

당장 갈게. 왠지 서울로 갔을 것 같아서 서울로 가고 있었거든.

그걸로 밥 먹고 있어.

혜주가 보낸 돈을 한참 보다 '받기'를 누르고 햄버거 가게로 갔다. 핸드폰으로 결제하고 햄버거를 기다렸다. 이럴 땐 알아서 배가 안 고프면 얼마나 좋을까. 밥은 기분 좋을 때만 먹으면 얼마나 좋을까. 기분이 이렇게 더러운데 배에서 꼬르륵 소리까지 요동치니 비참하기 짝이 없었다. 모두에게 보란 듯 멋진 독립을 꿈꾸었지만, 내 현실은 너무 한심했다.

햄버거 세트가 먹음직스럽게 쟁반에 담겨서 나왔다. 히터 가까운 자리에 자리를 잡고 앉았다. 감자튀김을 한 입 베어 물었는데 눈물이 핑 돌았다. 이 세상에서 나보다 불쌍한 사람은 없을 것 같았다.

꾸역꾸역 햄버거를 먹다 혜주가 생각나서 얼른 핸드폰을 켰다. 부재중 전화가 아까보다 더 많이 와 있었다. 부재중 전화에 은옥 할머니도 보였다. 혜주에게 메시지를 보냈다.

나 여기 햄버거 가게에 있어.
진짜 비밀 지킬 거지.

바로 답장이 왔다.

물론. 나 거의 다 왔어.
조금만 기다려.

혜주가 이렇게 든든할 줄이야. 혜주는 착한 척하는 게 아니라 정말 착한 아이가 맞다. 가끔은 그만 착하고 자기 마음대로 살았으면 하는 바람이 생길 정도로. 아무도 나를 그렇게 생각하지는 않을 것 같다. 이미 내 멋대로 사는 것처럼 보일 테니까.

테이블에 엎드려 눈을 감았다. 실내가 따뜻하니 스르르 눈이 감겼다.

"아, 좀 진짜!"

버럭 지르는 소리에 화들짝 놀라 눈을 떴다. 깜빡 잠이 든 모양이었다. 옆 테이블에 대학생처럼 보이는 여자가 감자튀김을 먹으며 통화를 하고 있었다.

"그냥 살아. 그렇게 다 신경 쓰고 어떻게 사냐고."

한동안 상대방의 말을 듣더니 여자가 또 소리 지르듯 말했다.

"야, 사는 거 안 힘든 사람이 어딨어. 그냥 존버지."

나도 모르게 낯선 사람의 통화에 귀를 기울이게 됐다. 여자는 한참 동안 상대방의 이야기를 듣다가 나지막이 한마디 했다.

"야, 쫄지 마! 그냥 하고 싶은 대로 해. 난 너 믿어!"

갑자기 눈물이 핑 돌았다. 나한테 하는 말이 아닌 줄 아는데 꼭 나한테 하는 말처럼 들렸다. 슬며시 옆자리를 흘낏 보았다. 여자는 콜라를 벌컥벌컥 마시더니 자리에서 일어나 갈 길을 갔다. 여자가 했던 말을 가만히 생각해 보았다.

'쫄지 마, 그냥 하고 싶은 대로 해…'

수호와 혜주는 늘 나를 센 언니라고 놀렸다. 하지만 생각해 보니 나는 겁쟁이에 가까웠다. 겉으로는 센 척하지만 일어나지도 않을 일에 마음 졸이며 이러면 어쩌지 저러면 어쩌지 전전긍긍하는 겁쟁이.

"나 왔어."

혜주가 두툼한 잠바를 들고 서 있었다.

"아저씨가 니 짐비도 안 입고 나갔다고 거정하더라. 그래서 내 잠바 들고나왔어. 나 여기 온 거 아무도 몰라. 나 전화기도 껐어."

전원이 꺼진 핸드폰을 내보이며 혜주가 말했다.

"우리 뭐 할까? 나 돈도 많아."

"뭐냐. 너 날라리 같아."

갑자기 혜주가 내 손을 잡아끌었다.

"너 화장 한번 해 볼래?"

혜주를 따라 화장품 가게에 들어갔다. 혜주는 춤 대회에 나갈 때마다 화장을 해 봐서 화장을 잘하는 편이다. 혜주는 익숙하게 여러 가지 틴트를 손등에 발라서 보여 주었다. 그때마다 나는 고개를 내저었다. 안 되겠는지 혜주가 무작정 하나를 골라서 내 입술에 바르고 볼 터치까지 해 주었다. 거울 속 내가 다른 사람처럼 보였다.

"사진 찍으러 가자."

혜주를 따라 스티커 사진을 찍으러 갔다. 혜주는 제일 비싼 걸로 골라서 소품까지 챙겼다. 혜주가 씌워 주는 가발도 쓰고 가방도 들었다. 혜주가 하라는 대로 포즈를 따라 하다 보니 헛웃음이 나왔다.

기계에서 사진이 나왔다. 사진 속 나는 나를 닮은 다른 사람 같았다. 노란 가발과 스탠드 마이크를 든 내가 피에로처럼 보였다. 혜주는 사진을 보고 만족스러운 듯 고개를 끄덕였다. 그러고는 또 내 손을 잡아끌었다.

"스트레스에는 코노가 답이지."

그러고 보니 혜주는 자기 스타일대로 나를 이끌고 있었다. 내가 코인 노래방을 질색하는 걸 아는데도 내 손을 끌었다.

"너 싫어하는 거 아는데 한번 해 봐. 해 보지도 않고 싫어하지 말고."

혜주 말이 맞다. 나는 해 보지도 않고 싫어하는 게 참 많았다. 혜주를 따라 코인 노래방으로 들어갔다. 혜주는 익숙한 듯 지폐를 넣고 동전으로 바꿨다. 우리 동네에 있는 코인 노래방이랑 다르게 실내장식이 고급스러웠다. 혜주는 신중하게 책자를 보더니 동전을 넣고 숫자를 눌렀다. 곧이어 신나는 노래가 나오자 혜주는 춤을 추며 노래를 불렀다. 혜주가 춤을 출 때 어떤 표정을 지어야 할지 난감할 때가 있다. 평소에는 수줍음 많고 조용한 아인데 춤을 출 때는 전혀 다른 사람이 되는 것 같다. 특히 아이돌 춤을 따라 할 때는 표정까지 비슷해서 다른 사람을 보는 것 같았다.

혜주가 계속 마이크를 내밀었지만, 딱히 부르고 싶은 노래가 없었다. 신나는 노래만 계속 부르던 혜주가 지쳤는지 의자에 앉았다. 그러고는 리모컨 시작 버튼을 눌렀다. 조용한 노래인지 조명부터 달라졌다. 어딘가 익숙하다 싶었는데 아빠가 방송에서 불렀던 노래였다.

화면에 가사가 보이자 혜주가 노래를 불렀다.

"Hey Jude, don't make it bad. Take a sad song and make it better. Remember to let her into your heart, Then you can start to make it better⋯."

내가 쳐다보자 혜주는 손가락으로 브이를 그렸다. 혜주의 목소리로 듣는 노래는 또 새로웠다. 노래가 다 끝났다.

"아저씨가 너랑 선희 언니랑 이모한테 세상의 모든 짐을 어깨에 지지 말라고 했잖아. 나 그 말 듣는데 눈물이 핑 돌았어. 너무 멋지잖아. 그래서 이 노래 열심히 들었어. 노래방에서 부르면 있어 보일 것 같아서. 어때 나 있어 보였어?"

내가 고개를 젓자 혜주가 웃음을 터트렸다.

"이제 어디로 갈까?"

노래방을 나오니 벌써 9시가 넘었다. 밤이 되니 날이 더 추웠다. 실내인데도 잠바를 여미게 됐다.

"너 만나러 오면서 진짜 생각 많이 했어. 그러다 합법적인 외박이 생각났어."

내가 바라보자 혜주가 의미심장한 미소를 지었다.

"은옥 할머니 집! 너도 나름 가출인데 오늘은 들어가고 싶지 않을 거 아냐. 할머니 집에서 자면 이모랑 아저씨도 안심이 되고."

당장 어떻게 해야 하나 막막했는데 혜주 생각이 꽤 마음에 들었다. 오늘 새롭게 안 사실은 난 가출 스타일이 아니란 거다. 가출은 불편한 게 한둘이 아니었다. 혜주가 구석으로 가서 엄마한테 전화를 걸었다. 혜주의 뒷모습이 든든한 언니 같았다.

"이모랑 아저씨 오케이 했어. 가자."

혜주와 함께 지하철을 탔다. 혜주는 아빠가 오디션에서 불렀던

'Hey Jude'를 틀고 이어폰 하나를 나눠 주었다. 혜주의 핸드폰에서 반복해서 나오는 노래를 듣는데 어느 순간 아빠 목소리가 들리는 것 같았다.

'세상의 모든 짐을 어깨에 지지 말자. 때로 슬픈 노래를 불러야 할 때도 있지만 더 나아질 거야. 우리 다….'

문득 궁금해졌다. 우리는 어떻게 나아질지. 아니 우리가 나아질 수 있을 것인지. 아니 우리 말고 나는 나아질 수 있는지. 나아진다는 것은 어떤 뜻인지. 머릿속이 뒤죽박죽이었다. 잠바 안주머니에 구겨 넣은 온유의 선물이 생각났다. 최악의 생일 선물인데 자꾸만 신경이 쓰였다. 나를 탐구하면 과연 내가 나아질 수 있을까.

건물 입구에서 누군가 서성이는 모습이 보였다. 은옥 할머니는 멀리서도 우리를 알아보고 달려와 꼭 안아 주었다. 얼마나 오래 서 있었는지 할머니 옷에서 바람 냄새가 났다. 집으로 들어가자마자 할머니는 찌개에 불을 붙였다. 따뜻한 된장찌개에 밥을 말아 먹었다. 속까지 따뜻해지는 기분이었다.

은옥 할머니 방에 셋이 나란히 누웠다. 벽에 붙은 할머니의 고향 집 퀼트 작품이 오늘따라 더 눈에 들어왔다. 초가집 지붕에 커다란 박이 주렁주렁 달려 있고 들꽃이 흐드러지게 피어 있는 언덕은 볼 때마다 마음이 편안해졌다.

"할머니 고향이 저렇게 평화로웠어요?"

"그럼, 참 이상하지? 그때 어렸는데도 우리 동네가 아름답다는 생각이 들었어. 언덕에서 친구들이랑 들꽃을 이만큼 꺾어서 집으로 돌아올 때 기분이 참 좋았지. 그때 행복이라는 말을 알았다면 행복하다고 말했을 거야."

"갑자기 생각난 건데요. 할머니 말처럼 우리도 시간이 지나서 지금을 생각하면 행복했던 때라고 느낄까요?"

혜주의 물음에 할머니가 엄지를 내밀었다.

"느낀다에 한 표!"

은옥 할머니가 일어나서 불을 껐다.

"오늘 유난히 하루가 길었지. 푹 자고 일어나면 새날이 올 거야. 우리 선우 혜주 단잠 자거라."

불을 끄고 한참이 지났는데도 잠이 오질 않았다. 길었던 하루를 돌아보았다. 죽음을 체험했던 아침부터 지금까지 정말 많은 일이 있었다. 베개 밑에 넣어 둔 핸드폰에서 메시지 진동이 울렸다. 온유였다.

선물 잘 받았지? 잘 자.

뭐지. 잘 자라는 말에 가슴이 두근거릴 일인가. 온유랑 엮이고 싶지 않은데 자꾸 끌리는 이 이상한 느낌은 뭘까. 메시지 알림이 또 울렸다.

참! 내 생일은 견우직녀 만난 날. 7월 7일.

내년 생일 선물 기대할게.

참 이상한 애다. 한 번도 답장을 안 하는 나한테 자기 할 말 다 하는 온유의 자존감이 부럽기까지 했다.

아무리 노력해도 잠이 오질 않았다. 시계를 보니 12시가 넘었다. 할머니와 혜주는 깊은 잠에 빠진 것 같았다. 핸드폰에서 또 메시지 알림이 울렸다. 온유가 또 보냈으면 한마디 하려고 했는데 엄마였다.

선우야… 엄마가 미안해….

엄마답게 짧고 굵게 사과를 보내왔다. 답장은 하지 않았다. 나쁜 딸이 되기로 마음먹었으니까. 그런데 자꾸만 목이 멨다. 미안하다는 그 한마디뿐인데 엄마 얼굴이 계속 아른거렸다. 대단한 가출을 해서 나 혼자서 얼마나 잘 살아가는지 보여 주고 싶었지만, 하루도 넘기지 못했다.

나는 왜 겨우 열다섯밖에 아닐까. 10년쯤 점프해서 어디론가 가고 싶었다. 간절히.

이선우 탐구 영역

고소한 냄새에 절로 눈이 떠졌다. 맙소사, 꿈 한번 꾸지 않고 푹 잤다. 심지어 개운하기까지 했다. 막 눈을 뜬 혜주와 눈이 마주쳤다. 혜주를 보니 10년이 순식간에 지나가는 영화 같은 일은 일어나지 않은 게 분명했다.

"잘 잤어? 난 완전 꿀잠 잤어. 할머니 이불 너무 포근해."

할머니의 목화솜 이불이 부드럽고 참 포근했다. 움직일 때마다 사그락사그락 소리가 나는 것도 좋았다.

혜주 손에 이끌려 주방으로 갔다. 식탁에 갓 볶은 깨와 빈 생수통 여러 개가 놓여 있었다.

"늦잠꾸러기들 나왔구나. 어서 와서 이것 좀 거들어 봐."

은옥 할머니가 나한테 주걱을 내밀었다.

"어제 햇깨가 왔거든. 다 같이 나눠 먹으려니 좀 많다. 선우는 주

격으로 깨를 살살 저어 줘. 한눈팔면 깨가 금방 타니까 쉬지 말고 저어. 혜주는 볶은 깨를 병에 담아 줄래?"

얼떨결에 할머니가 내민 주걱을 받아들었다.

"뭐 해? 그러다 깨 탄다니까."

서둘러 주걱으로 냄비 안을 휘저었다. 깨를 주걱으로 휘저을 때마다 연기가 피어올랐다.

"연기 나는데 괜찮아요? 벌써 탄 거 아니에요?"

"잘되고 있다는 뜻이야. 물에 씻은 깨거든. 수분이 날아가느라 그런 거야. 좀 있으면 탁탁 깨 튀는 소리가 날 거야. 그 소리가 안 날 때까지만 저어 주면 돼."

고작 15분쯤 지났는데 손목이 아팠다. 혜주는 그사이 여러 개의 통에 깨를 담았다. 연기가 더 이상 나지 않자 깨 튀는 소리가 났다. 처음보다 깨가 조금 더 통통해지고 색깔이 예뻐진 것 같았다.

"이제 아무 소리도 안 나요."

"그럼 불을 꺼 봐. 그리고 마지막으로 몇 번만 더 살살 저어 줘라."

혜주가 리본으로 생수통을 묶으며 말했다.

"할머니는 진짜 예술가예요. 생수통을 이렇게 예쁘게 변신시키다니."

가스 불을 껐는데도 어쩌다 탁탁 소리가 들려왔다. 소리가 안 날 때까지 주걱으로 깨를 저었다. 깨가 다 볶아졌다는 걸 소리로 아는 게 신기했다. 손복은 조금 아팠지만 이상하게 마음이 편안했다.

"깨를 이렇게 볶는 건지 몰랐어요. 냄새는 좋은데 할머니 힘드셨을 것 같아요."

"그런 고마운 말을. 우리 선우 철들었네. 어릴 때 우리 엄마는 커다란 가마솥에 깨를 볶았어. 어마어마했지. 이 나이 되면 엄마가 안 보고 싶을 것 같지?"

우리가 고개를 끄덕이자 할머니가 고개를 내저었다.

"참 신기하게도 나이가 드니 엄마 생각이 더 나. 음식 만들 때 문득문득 엄마 생각이 나기도 하고. 아침에 깨를 씻는데 갑자기 엄마 생각이 나는 거야. 언젠가 엄마가 가마솥에 깨를 볶으면서 깨 볶는 소리가 인생이랑 비슷하다고 혼잣말을 하셨거든. 아까 깨를 볶는데 어제 관에 들어간 일이 번뜩 떠오르는 거야. 깨가 덜 볶아지면 연기도 나고 소리도 나거든. 근데 다 볶아지면 아무 소리도 안 나. 아, 살아 있어서 인생이 때때로 시끄럽고 요란스럽구나. 그 생각이 드니 웃음이 나더라. 엄마 말을 칠십이 다 돼서 알아들었으니 말이야."

혜주가 호들갑스럽게 핸드폰을 들었다.

"와, 이건 메모장에 적어 둬야겠어요. 할머니 이건 인생 명언이에요. 살아 있어서 인생이 때때로 시끄럽고 요란스럽다!"

은옥 할머니가 혜주 귀를 살짝 잡아당기며 웃었다.

"할머니 놀리면 못 써. 자 서두르자. 지금 볶은 거 식으면 마저 통에 넣어서 리본으로 묶어. 난 교회 갈 준비한다. 아침은 안 줄 거야. 가출 청소년 아침까지 주면 나 진짜 욕먹어."

문득 어제 관에 들어갔을 때 세상과 단절된 듯한 적막함이 떠올랐다.

'살아 있어서 인생이 때때로 시끄럽고 요란스럽다…'

은옥 할머니 말을 자꾸 되뇌게 되었다. 이해될 듯하면서 너무 어려운 말이었다.

교회 갈 채비를 하고 나온 은옥 할머니는 나와 혜주에게 쇼핑백을 두 개씩 나눠 주었다.

"하나는 각자 집으로 가져가는 거야. 다른 하나는 선우는 나가면서 할머니 집에, 혜주는 수호 집에 배달해 주고 가."

"집에 가도 별일 없을 거야. 홧팅"

혜주는 귓속말을 하고 은옥 할머니와 함께 내려갔다. 나는 은옥 할머니 바로 옆집인 할머니 집 초인종을 눌렀다. 초인종을 두 번 눌렀는데도 인기척이 없었다. 비밀번호를 누르고 집 안으로 들어갔다. 할머니 집 비밀번호는 우리 집 비밀번호와 같다. 거실과 안방 화장실까지 봤는데 할머니가 보이질 않았다.

거실 절반을 차지하고 있는 화분들이 눈에 들어왔다. 할머니가 애지중지 기르는 꽃과 나무들은 겨울이면 베란다에서 거실로 이사를 온다. 자몽 나무에 초록빛이 도는 자몽이 여러 개 달려 있었다. 2월이 되면 초록빛은 사라지고 열매는 노랗게 익을 거다. 언제나 그랬듯이. 문득 때가 되면 어떻게 다들 알아서 익어 가는지 참 신기했나.

식탁에 쇼핑백을 내려놓는데 익숙한 종이가 눈에 들어왔다. 어제 복지관에서 썼던 유언장 종이였다. 역시 할머니가 복지관에 왔다 간 게 맞았다. 할머니가 쓴 유언장을 힐끔 쳐다보았다. 할머니가 금방이라도 문을 열고 들어올 것 같아서 종이를 들고 볼 수가 없었다. 현관에서 비밀번호 누르는 소리가 났다. 나도 모르게 핸드폰을 꺼내 사진을 찍었다.

문을 열고 들어온 할머니가 화들짝 놀란 얼굴로 물었다.

"언제 왔어?"

나는 쇼핑백을 들어 보이며 말했다.

"지금요. 은옥 할머니가 깨 볶아 주셨어요."

"어제 별일 없었냐? 느이 엄마 아빠 안 싸웠어?"

다행이다. 할머니는 내가 가출한 걸 모르는 것 같았다. 내가 고개를 끄덕이자 할머니도 고개를 끄덕였다. 꾸벅 인사를 하고 나오는데 뒤에서 할머니가 한마디 했다.

"거, 느이 엄마 속 썩이지 마라. 선희 하나만으로도 벅차니까."

문을 닫고 돌아서는데 한숨 같은 말이 나왔다.

"그러게요. 언니 하나만 낳지 왜 나까지 낳았을까요."

현관 앞에 서니 어제 집을 뛰쳐나올 때가 생각났다. 내가 갈 곳이 정말 집 말고 없을까 고민하고 또 했지만 떠오르는 곳이 없었다. 할 수 없이 비밀번호를 눌렀다. 집에 들어가자 엄마 아빠 언니까지 소파에 앉아 있었다.

나를 보자마자 언니가 달려와 끌어안았다.

"우리 선우다! 이선우다!"

언니는 어제 내가 어떻게 했는지 다 잊어버린 것 같았다. 설마 잊어버린 척하는 건 아니겠지. 아빠한테 쇼핑백을 내밀었다.

"은옥 할머니가 볶은 깨."

아빠가 내 얼굴을 살피며 쇼핑백을 받았다.

"또 볶으셨구나. 선우, 이제 괜찮지? 괜찮아진 거지?"

엄마가 벌떡 일어나더니 나를 끌어안았다. 나는 차렷 자세로 잠시 엄마한테 안겨 있다 풀려났다. 엄마도 나도 서로의 얼굴을 보지 못했다. 얼핏 보니 엄마 얼굴이 많이 부어 있었다.

엄마는 내 어깨를 두 번 두드리고는 언니에게 말했다.

"선희야, 가자!"

방으로 들어와 침대에 누웠다. 엄마랑 언니가 나가는 소리가 들렸다. 뒤이어 아빠가 청소기 돌리는 소리가 들렸다. 조금 있으니까 아빠가 방문을 살짝 열었다.

"어제 잠도 못 잤지? 일단 푹 자. 엄마랑 언니는 오늘 오케스트라 연습 있어서 늦는데. 아빠도 지금 방송국 가야 해. 김밥 싸 놨거든. 이따 먹고 싶을 때 먹어. 컵라면도 있으니까 김밥이랑 같이 먹어. 갔다 올게."

아빠 목소리에 힘이 없었다. 하필 오늘 녹화라니. 딸이 가출해서 연습도 못 하고 잠도 못 잤을 텐데. 엄마 아빠를 더 아프게 해 주고 싶었던 내 목표가 성공한 것 같다. 그런데 왜 마음이 시원하지 않은 걸까. 철저하게 못된 딸이 되기로 했는데, 그것도 마음이 편치 않았다. 멍하니 천장을 보다가 할머니가 쓴 유언장이 떠올라서 핸드폰 화면을 열었다.

놀라운 사실은 할머니도 나처럼 쓸 말이 별로 없었는지 정말 짧았다. 재산 분배에 대해서 적은 부분은 역시 할머니다웠다.

죽는 날까지 내 손에 들고 있을 것.

아무리 봐도 믿기 어려운 목록은 생애 가장 행복했던 순간이었다.

선희 태어난 날, 선우 태어난 날.

보고 또 봐도 믿기 어려웠다. 정말 할머니는 우리가 태어난 날 행복했을까?

남아 있는 이들에게 남기고 싶은 말을 읽는데 망치로 한 대 맞은 기분이었다.

내 멋대로 살아서 미안하다. 사랑한다는 말을 한 번도 못 했지만 그 마음은 항상 있었다.

할머니의 말이 꼭 내 말 같았다. 인정하고 싶지 않지만 나는 정말 할머니를 많이 닮은 것 같았다. 결국 표현하지 않으면 모르는 건가 보다. 할머니가 날 좋아하지 않는다고 생각했으니까. 머릿속이 너무 복잡해졌다. 아무 생각도 하기 싫어 이불을 뒤집어쓰고 눈을 감았다.

한참을 잔 것 같은데 시계를 보니 한 시간밖에 지나질 않았다. 주방으로 가서 김밥을 먹었다. 아빠 김밥은 언제 먹어도 맛있다. 방으로 들어와 다시 침대에 누웠는데 '이선우 탐구 영역'이 자꾸 눈에 걸렸다. 하는 수 없이 책상 앞에 앉았다. 필통을 열자 쪽지가 나왔다.

선우야, 선희가 미안해.
어제 우리 집이 외로웠어.
내가 소리 질러서 미안해.
엄마 많이 울었어. 아빠 울었어. 나도 울었어.
선우 없으면 우리 울어.
너무 멀리 날아가지 마.

언니의 쪽지를 읽는데 가슴이 먹먹해졌다. 지금껏 언니는 단 한 번도 나한테 나쁜 말을 한 적이 없다. 나도 언니에게 사과 편지를 써야 할 것 같았다.

숙제를 하다 만 기분, 이 찝찝한 기분을 빨리 털어 버리고 싶어 '이선우 탐구 영역'을 펼쳤다.

어제 쓰다 만 열한 번째 질문을 다시 펼쳤다.

가족 구성원이 당신에게 들으면 가장 행복해할 말을 적어 보세요.

생각보다 손이 먼저 움직였다. 기타를 치며 노래하는 아빠를 그리고 그 뒤에서 아빠를 안아 주는 나를 그렸다. 그리고 그 옆에 "내 아빠가 돼 줘서 고마워요"라고 적었다. 도복을 입은 엄마와 내가 하이 파이브를 하는 모습을 그리고 "엄마 사랑해요"라고 적었다. 뽑기 기계 앞에 언니와 내가 나란히 앉아 있는 모습을 그리고 "우리 한번 더 할까?"라고 적었다. 그림 속 나는 가족들이 원하는 모습으로 있는데 현실의 나는 왜 이토록 다른 걸까.

메시지 알림음이 울려서 봤더니 혜주였다.

사랑하는 친구들, 나 드디어 첫 영상 하나 올렸어.
구독과 좋아요 눌러 줄 거지?

혜주가 보낸 건 유튜브 링크였다. 링크를 누르자 혜주가 나왔다. 혜주의 유튜브 이름은 'OH! 혜주'였다. 혜주가 손을 흔들면서 인사를 했다.

"안녕하세요. 저는 열다섯 춤추는 혜주입니다. 오늘부터 제 춤을 기록해 볼 거예요. 많은 관심 부탁드립니다."

음악이 나오자 혜주가 모자를 쓰고 리듬을 타기 시작했다. 혼자 핸드폰으로 찍은 동영상이라 가끔 혜주가 안 보이기도 했지만, 그마저도 좋아 보였다. 그동안 봤던 혜주의 표정 중에 가장 밝았다. 누구도 의식하지 않고 춤에 집중하는 모습이 예뻐 보였다. 책상 서랍을 열어 손거울을 꺼냈다. 거울 속 뚱한 표정의 내가 보였다. 어쩌다 나는 이렇게 뚱한 열다섯이 되었을까. 한숨을 내뱉으며 혜주의 유튜브 영상에 '구독'과 '좋아요' 버튼을 눌렀다.

어느새 이선우 탐구 영역의 질문이 마흔다섯 번째까지 왔다.

당신이 가장 좋아하면서도 편안함을 느끼는 행동을 적어 보세요.

점점 질문이 어려워졌다. 좋아하면서도 편안함을 느끼는 내 행동은 뭘까…. 순간 내 손에 눈이 갔다. 아까부터 내가 무의식적으로 그리고 있었던 그림들.

서랍 맨 아래 칸을 내려다보았다. 6학년 겨울, 그날 이후 굳게 잠긴 서랍에 조심스럽게 열쇠를 넣고 돌렸다. 만화책을 보고 따라 그린 그림부터 내가 그린 만화까지, 두툼한 노트 세 권을 오랜만에 마주했다. 내가 그린 그림을 보다가 놀라운 사실을 발견했다. 내 감성을 그토록 복잡하게 만드는 언니가 가장 많이 그려서 있었으니까. 뽑기 기계 앞에 쪼그려 앉아 있는 언니, 바이올린을 연주하는 언니, 춤추는 언니, 사람들을 안아 주는 언니. 왜 이렇게 언니를 많이 그렸을까.

한참을 망설이다 마흔다섯 번째 질문 아래 답을 적었다.

만화 그리는 것. 그러나 웹툰 작가가 되고 싶지 않음.

그때 핸드폰 메시지 알림 진동이 울렸다. 온유였다.

이 사진 너한테만 보여 주는 거야.
몰래 찍은 거야. 너만 보고 지워.

곧이어 사진이 도착했다. 휠체어에 앉은 아주머니 무릎에 작은 아이가 있고 그 옆에 휠체어를 잡고 당당하게 걸어가는 한 아이의 모습이었다. 온유가 블로그에 글을 썼던 사진 같았다. 휠체어를 잡고 가는 아이의 뒷모습에서 언니를 지켜 주는 영웅이 되고 싶었던 내가 보였다. 이 아이는 나처럼 금방 포기하지 않을 것 같았다. 나는 저렇게 당당하지 못했으니까.

이 사진 보고 한 번만 더 생각해 줘.
정말 싫다면 더 이상 연락 안 할게.

이 자식, 밀당의 고수가 분명하다. 더 이상 연락 안 한다는 말에 살짝 불안한 마음이 들었다. 이제는 진짜 결정을 해야 할 것 같았다.

온유 생각을 떨쳐 버리려고 다시 이선우 탐구 영역에 집중했다. 몇 문제 잘 지나갔는데 마흔아홉 번째 질문 앞에서 또 한 번 멈칫했다.

두 팔로 자신을 감싸며 자신의 이름을 부르며 "○○야, 사랑해"라고 열 번 반복해서 말해 보세요. 그다음에는 "○○야, 아무것도 포기하지 마"라고 열 번을 말해 보세요.

심호흡을 하고 두 팔로 나를 안았다. 생각보다 나쁘지 않았다.

"선우야 사랑해, 선우야 사랑해…."

태어나서 처음으로 나 자신에게 사랑한다고 말해 보았다. 마지막 열 번째 사랑한다고 말하면서 아래를 내려다보니 내 오른손이 왼팔을 토닥이고 있었다. 몸은 뇌의 명령에 반응한다고 배웠다. 나는 왼팔을 토닥이라고 명령을 내린 적이 없는데. 내 오른손이 왼팔을 토닥이는 모습이 낯설면서 신기했다.

사랑한다는 말을 열 번 했으니 다음으로 넘어갔다.

"선우야, 아무것도 포기하지 마…."

느닷없이 목이 멨다. 떨리는 내 목소리 때문일까… 말도 안 되게 눈물이 나왔다. 눈물을 닦으며 마지막 열 번까지 채웠다.

"선우야, 아무것도 포기하지 마."

어느 순간 고개를 끄덕이고 있는 내가 느껴졌다. 마치 누군가에게 대답하듯. 정말 희한한 노트임이 분명하다.

드디어 쉰 번째까지 왔다.

여기까지 오신 여러분의 용기에 박수를 보냅니다. 용기는 삶을 직면하는 것에서 시작합니다. 내가 누구인지 알 때, 비로소 용감해질 수 있습니다. 나아가 누군가의 손을 잡아 줄 수도 있습니다.

다음 세 가지 질문을 생각하면서 나 자신에게 편지를 써 보세요.

※ 나는 내가 속한 공동체(가정, 학교 등)에서 어떤 역할을 하고 있는가?

※ 나는 주변 사람들에게 피해를 주는가? 도움을 주는가?

※ 내가 속한 사회에 이바지하기 위해 무엇을 어떻게 할 것인가?

한참 동안 볼펜으로 노트를 두드렸다.

'용기란 삶을 직면하는 것'

나에게 쓰는 편지는 조금 시간이 걸릴 것 같다. 한 가지 확실한 건 나에게는 매우 용기가 필요하다는 사실이다.

크리스마스 콘서트

꽃집 앞에서 할머니를 만나기로 했다. 건널목을 건너며 할머니가 꽃집에 들어가는 걸 봤는데 한참이 지나도록 나오지 않았다. 발이 시려서 제자리 뛰기를 하는데 그제야 할머니가 투덜대며 나왔다.

"크리스마스라고 이렇게 바가지를 씌워? 예수님 생일이 왜 꽃집 대목이야. 차라리 꽃 시장을 다녀올 걸 그랬어. 내가 만들고 말지. 이게 어딜 봐서 오만 원짜리 같냐?"

괜한 불똥이 나한테 튈까 얼른 도롯가로 가서 택시를 잡았다. 드디어 오늘이 언니 공연 날이다. 온유와 마주칠 생각에 한숨도 못 잤다. 그렇다고 언니 공연에 안 갈 수도 없는 노릇이었다. 독감에라도 걸리게 해 달라고 기도했지만, 그 어느 때보다 컨디션이 좋았다. 온유는 그 뒤로 연락하지 않았다. 내가 연락하지 않은 건 맞지만 진짜 독한 놈이 분명하다. 한 번 너 풀어보면 큰가락이 부러지니, 쳇.

언니는 총연습 때문에 엄마와 함께 먼저 교회로 갔다. 아빠는 언니 공연 시간에 맞춰 교회로 오기로 했다. 할머니와 단둘이 교회에 가려니 어색하기 짝이 없었다.

택시 안에는 아빠가 방송에서 불렀던 노래가 나오고 있었다. 아빠가 방송에서 불렀던 곡이 음원으로 나와서 이제 어디서든 아빠 노래를 들을 수 있다. 진짜 신기하고 이상한 일이다. 갑자기 할머니가 상냥한 표정을 지으며 물었다.

"아, 이 노래? 71호 가수 좋아하시나 보다."

기사님이 백미러로 우리를 보며 웃었다.

"좋다마다요. 저 이 프로 나오는 시간에는 운행도 안 해요. 제가 71호 팬인데 어제 그렇게 떨어져서 너무 아쉽더라고요. 심사위원들이 보는 눈이 너무 없어요. 어제 그 노래 진짜 좋았는데."

할머니가 손사래를 치며 말했다.

"아, 우리 정석이 그 패자…."

나는 얼른 할머니 팔을 잡아끌었다. 그러고는 핸드폰 메시지 화면에 재빨리 글을 적어서 할머니한테 보여 주었다.

아빠 패자부활전으로 올라간 거 비밀이라고 했잖아요.
방송국에서 절대 말하지 말라고!

핸드폰 화면을 본 할머니는 입을 꾹 다물고 고개를 끄덕였다. 어제 방송에서 아빠는 생방송 진출을 앞두고 탈락했다. 예고편에서는 심사위원들이 패자부활전에 올릴 사람들 사진을 고르는 것까지 나왔다. 하지만 아빠는 지금 숙소에 들어가 생방송을 준비하고 있다. 아빠가 생방송까지 나가게 될 줄은 정말 몰랐다.

오디션에서 탈락했다는 소식을 아빠한테 들은 날 실망하는 내 모습에 놀랐다. 마음 한구석에서 아빠를 자랑스러워하고 있었다는 걸 그제야 알았다. 다행히 아빠는 패자부활전을 통해 생방송에 진출하게 되었다. 어제 수호와 혜주도 아빠의 탈락이 아쉽다며 메시지를 보내왔다. 아빠가 절대 아무에게도 알리면 안 된다고 당부해서 미리 말해 줄 수가 없었다. 나중에 사실을 알게 된다면 수호는 가만있지 않을 것이다. 나도 끝까지 몰랐다고 잡아떼는 수밖에.

"자작곡은 정말 좋았어요. 71호 가수가 아티스트라는 걸 충분히 보여 주는 곡이었어요. 근데 오디션은 지금만 보고 심사하는 거잖아요. 오늘 목 상태가 많이 아쉬웠어요."

심사위원 말에 아빠는 고개를 끄덕였다. 풀이 죽은 것 같기도 하고 뭔가 시원해 보이는 표정 같기도 했다.

"감사합니다. 저는 정말 여기까지 온 것도 꿈만 같습니다."

아빠가 환하게 웃었다. 눈물이 그렁그렁한 채. 문득, 이선우 탐구 영역 노트가 떠올랐다.

'나는 내가 속한 공동체에 어떤 역할을 하는가.'

우리 집에서 내 역할은 모두를 힘들게 하는 역할임이 틀림없다. 그 목표를 아주 착실히 잘하고 있는 내가 대견하다고 해야 하나.

아빠는 자작곡에 관해 묻는 심사위원들에게 딸이 쓴 글에 곡을 붙였다고 했다. 언니의 장애에 대해서는 말하지 않았다.

사회자가 마지막으로 한마디 하라고 하자 아빠가 카메라를 보고 웃으며 손을 흔들었다.

"여보! 선희야, 선우야! 고마워! 사랑해!"

언니는 텔레비전을 끌어안고 울면서 "아빠 사랑해"를 외쳐 댔다. 엄마는 언니의 울음을 달래기 위해 한밤에 짜장 라면을 끓여야 했다. 가출한 나 때문에 탈락했는데, 고맙고 사랑한다니. 아빠의 저 말이 진짜란 걸 알아서 더 짜증이 났다. 아빠는 끝까지 좋은 사람이고 나는 끝까지 못됐으니까. 아빠가 저 말을 할 때는 진짜 떨어졌을 때다. 패자부활전은 그 이후에 찍은 것이다. 그게 더 화가 났다. 모든 게 끝났는데도 나에게 고맙고 사랑한다는 말이.

교회 앞은 사람들로 북적였다. 할머니는 택시에서 내리면서 기사님을 향해 말했다.

"거 71호 가수 계속 응원합시다! 미리 새해 복 많이 받아요!"

할머니가 모르는 사람에게 저렇게 친절하게 말하는 걸 처음 봤다. 기사님은 복 받으라는 말에 활짝 웃으며 고개를 숙여 인사했다. 오늘 처음 본 두 사람은 71호 가수로 하나가 된 것 같았다.

교회 안에 들어가서 안내지를 받아 들고 엄마에게 전화를 걸었다. 엄마는 시끄러운 악기 소리 속에서 큰 소리로 전화를 받았다.

"왔어? 엄마는 언니랑 무대 뒤에서 대기 중이야. 아빠도 거의 다 왔대. 아빠 만나서 같이 들어가. 이따 보자."

아빠한테 전화를 걸려는 찰나 아빠가 교회 안으로 허둥지둥 달려들어 왔다. 할머니는 아빠를 보자마자 손을 높이 들고 "어, 71호!" 하고 외쳤다. 아빠와 나는 눈이 마주치자 고개를 숙이고 말았다. 할머니를 어떻게 말려야 할지 답이 없었다.

2층으로 올라가서 아빠는 맨 앞자리에 앉았다. 내가 주뼛거리자 아빠가 손짓했다. 맨 앞줄까지 가고 싶지 않았지만 어쩔 수 없이 맨 앞자리로 갔다.

아빠는 자리에 앉자마자 내 얼굴을 살폈다.

"우리 딸, 못 본 사이에 홀쭉해진 것 같다. 잘 먹어야 하는데. 합숙 중이라 밥도 못 챙기고 어쩌냐. 아빠가 냉동실에 넣어 놓은 볶음밥이랑 국 잘 꺼내서 먹고 있지?"

아빠는 숙소에 들어가기 전 볶음밥과 국을 종류별로 끓여서 냉동실 가득 넣어 뒀다. 엄마가 반조리 식품을 사 먹으면 된다고 말렸지만 아빠는 직접 만든 음식을 냉동실 가득 채우고 갔다.

아빠가 생각난 듯 가방에서 처음 보는 카메라를 꺼냈다.

"너희들 사진 찍어 주려고 빌려 왔어. 25호 가수 알지? 그 친구가 빌려줬어. 참 반듯한 친구야. 우리 신우도 나중에 그런 남자친구 민

나면 좋겠어."

남자친구라는 말에 느닷없이 얼굴이 달아올랐다. 괜히 뻘쭘해서 주위를 둘러보는데 세 번째 줄에 앉아 있는 온유와 눈이 마주쳤다. 혹시 마주쳐도 당황하지 않겠다고 다짐했지만 나도 모르게 고개를 획 돌렸다. 온유는 이미 나를 보고 있었는지 놀라지 않았다. 나를 보고도 아무렇지 않은 온유의 표정이 더 기분이 나빴다.

'신경 쓰지 말자, 신경 쓰지 말자, 신경 쓰지 말자…'

속으로 되뇔수록 자꾸만 더 신경이 쓰였다. 미치고 팔짝 뛸 노릇이었다. 도대체 저 애가 뭔데 이렇게 내 마음을 괴롭히는지 모르겠다. 아빠는 계속 카메라를 만지작거리며 여기저기 사진을 찍었다. 아빠가 갑자기 카메라를 들이밀었다. 나도 모르게 인상이 팍 써졌다. 아빠가 카메라를 내려놓고 두 손을 들었다.

"알았어, 알았어. 이따 가족사진은 꼭 찍어야 해. 할머니까지 다 모였으니까."

온몸에 깁스하면 이런 기분일까. 뒤에 온유가 앉아 있다는 것만으로도 몸을 움직일 수가 없었다. 이 자식, 일부러 내 뒤에 앉은 게 분명하다. 내가 메시지에 답장을 안 했다고 복수하는 것 같았다.

드디어 사회자가 나왔다.

"메리 크리스마스! 지금부터 사랑 챔버 공연을 시작하겠습니다."

사회자의 말에 우렁찬 박수가 나왔다. 조명이 꺼지고 발소리가 작게 들렸다. 언니도 저기 어딘가 서 있겠지. 다시 조명이 켜졌다. 언니는 의자에 앉아 바이올린을 든 채 지휘자 선생님을 보고 있었다. 첼로를 잡은 다온 오빠도 보였다. 언니의 저런 진지한 표정은 오직 연주할 때만 볼 수 있다. 긴장한 채 바이올린을 쥐고 있는 언니를 보며 아빠가 눈물을 훔쳤다. 아직 연주 시작도 안 했는데. 지휘자 선생님이 단원들을 향해 손짓했다. 내가 다 긴장이 됐다.

언니는 지휘자 선생님에게 눈을 떼지 않고 연주에 집중했다.

"선우야, 언니 정말 잘한다."

아빠가 귓속말을 했다. 대충 고개를 끄덕였지만 언니가 정말 대단하다는 생각이 들었다. 1년 동안 언니는 이 곡들을 날마다 연습했다. 오직 반복과 반복뿐이었다. 문득 혜주와 수호가 떠올랐다. 혜주와 수호도 꿈을 이루기 위해 날마다 노력하고 있으니까. 나는 도대체 뭘 하고 사는지. 무대를 보는데 부끄러움이 밀려왔다.

클래식 곡을 세 곡 연주한 뒤 조명이 꺼졌다. 잠시 후 조명이 켜지자 무대에 사람들이 더 많아졌다. 분홍색 옷을 입은 사람들이 양쪽에 서 있었다. 노랑머리를 질끈 묶은 엄마가 보였다. 분홍색 옷을 입은 사람들은 오케스트라 단원의 엄마들이었다. 엄마가 공연에 참여한다는 말이 없었는데 뭘까 궁금했다.

네 번째 곡은 찬송가였다. 오케스트라 팀이 연주를 시작하자 뒤에 있는 엄마들이 수화로 율동을 했다. 무대 위 화면에 가사가 지나가고 있었다. 날마다 으뜸을 외쳐 대는 엄마가 아무 소리도 내지 않고 수화로 율동하는 모습이 낯설었다. 어쩐지 마음이 찡했다. 홀

찍이는 소리가 들려서 옆을 보니 아빠였다. 아빠는 언니와 엄마를 번갈아 보며 눈물을 훔쳤다. 할머니는 담담한 표정으로 무대를 바라보고 있었다.

지금 아파트로 이사하기 전, 태권도장에서 우리 옆집까지 언니 걸음으로 백스물아홉 걸음이었다. 언니는 늘 백스물아홉 걸음을 세고 초록 대문을 지나 우리 집으로 왔다. 1학년 어느 날, 4학년인 언니가 옆집 대문 앞에서 쪼그려 앉아 울고 있던 일이 생각났다. 초록 대문이 갑자기 파란색을 칠해서 집을 못 찾아 울고 있던 언니. 그 언니가 훌쩍 자라 무대에서 연주하고 있다. 감회가 새로웠다. 엄마 아빠도 그럴 것 같았다.

한 시간 가까이 이어지던 콘서트가 끝나 가고 있었다. 콘서트 내내 온 신경이 뒤로 가 있었다. 온유가 앞에 있는 나를 어떻게 보고 있을지 궁금했다. 물론 아주 못된 애로 생각하고 있겠지만.

아빠가 안내지를 가리키며 말했다.

"이제 피날레만 남았어. 지휘자 선생님이랑 같이 언니가 연주할 거야."

아빠는 긴장한 듯 두 손을 꼭 모으고 있었다. 언니는 이번에 처음으로 지휘자 선생님과 함께하는 무대에 뽑혔다. 바이올린 연주자 두 명이 뽑혔는데 그중에 언니가 뽑힌 것이다.

조명이 바뀌고 무대도 조금 달라졌다. 지휘자 선생님은 피아노 옆 구석진 자리에 서고 무대 중앙에 첼로 연주자가 앉고 양쪽에 바이올린 연주자들이 서 있었다. 언니가 지휘자 선생님과 함께하는 연주에 뽑힌 건 처음이라 아빠 엄마는 케이크를 사다 축하 파티까지 해 줬다. 아빠 말로는 언니가 이 곡을 너무 좋아해서 엄청난 연습 끝에 뽑혔다고 했다. 언니가 이 곡을 좋아하는 이유는 멜로디가 슬퍼서였다. 언니는 유난히 슬픈 음악을 좋아하니까.

검은 화면에 하얀 글씨로 제목이 나왔다.

희망가 - 이 풍진 세상을 만났으니

지휘자 선생님의 연주로 곡이 시작됐다. 첫 음부터 찡한 무언가가 느껴졌다. 무대 뒤 화면에 짤막한 소개 글이 올라갔다.

1910년에 기독교 신자 임학천이 찬송가 곡조에 붙여서 만든 노래이다. 1930년대에 유행한 노래이기에 가사가 참으로 암울하다. 나라 없는 민족의 설움을 노래한 이 곡은 찬송가에서 유래했기에 '서로 사랑하자'라는 찬송가 곡으로 재탄생되기도 했다.

첼로 연주자는 바닥만 보고 있었다. 언니는 앞을 보고 고개를 까딱이며 박자를 세고 있었다. 지휘자 선생님이 고갯짓하자 연주자들이 활을 들었다.

이 풍진 세상을 만났으니 너의 희망이 무엇이냐 부귀와 영화를 누렸으니 희망이 족할까 이 풍진 세상을 만났으니 우리 할 일이 무엇인가….

멜로디가 슬픈 건 알고 있었는데 가사는 처음 보았다. 얼굴을 일그러뜨리며 연주에 집중하는 언니를 보는데 자꾸 누군가 내게 묻는 것 같았다.

'너의 희망이 무엇이냐.'

연주자 세 명은 지휘자 선생님과 눈을 맞추며 끝까지 연주에 집중했다. 음악이 끝날 즈음 지휘자 선생님이 고개를 끄덕이자 언니는 부드럽게 활을 내려놓았다. 잠시 고요가 흐른 뒤 우레와 같은 박수 소리가 쏟아져 나왔다. 언니가 옆에 있는 바이올린 연주자를 향해 환하게 웃었다. 무언가 해냈을 때만 짓는 언니의 밝은 표정이었다.

조명이 한번 꺼졌다 켜지자 함께 연주했던 사람들이 모두 나와 인사를 했다. 아빠는 온 힘을 다해 손뼉을 쳤다. 사람들의 박수 요청으로 앙코르 연주를 두 번 더 하고 콘서트가 막을 내렸다. 아빠는 주변을 둘러보며 사람들과 인사를 나누었다. 나는 혹시나 온유와 마주칠까 봐 할머니 옆에 꼭 붙어 있었다.

"선우야, 이선우!"

언니가 엄마와 함께 우리 옆으로 왔다. 언니는 할머니를 보자마자 끌어안았다.

"존버 할머니, 우리 교회 환영해요."

"그래, 우리 선희 애썼다. 대단해. 우리 선희가 어딜 봐서 장애인이야."

언니는 할머니 등을 토닥이며 말했다.

"이선희는 장애인, 발달장애인."

드디어 올 게 왔다. 온유 가족이 우리 앞으로 오고 있었다. 온유는 다온 오빠의 첼로 가방을 메고 공손하게 인사를 했다. 온유 아빠가 아빠에게 악수를 청했다.

"71호 님 정말 멋지세요. 계속 응원하겠습니다."

아빠는 어쩔 줄 몰라 하며 머리를 긁적였다.

"고맙습니다."

온유와 같은 공간에 1분도 있기 싫었다. 엄마 팔을 잡아당겼다. 엄마는 눈치채고 고개를 끄덕였다.

"아, 애들 보려고? 그럼 먼저 가 있어. 얼른 정리하고 뒤따라갈게. 오늘은 식구끼리 보내는 날이야. 늦지 마."

대충 고개를 끄덕이고 서둘러 교회를 빠져나왔다. 버스 정류장에서 버스를 기다리는데 언니를 버리고 도망쳤던 그날이 떠올랐다.

그때 그 장소를 마주하니 날 애타게 부르던 언니의 불안한 몸짓이 생각났다. 난데없이 그 근처기 떠올랐다. 크리스마스이브에 꿈을 꾸고 착해진 스크루지. 나도 그럴 수만 있다면 그러고 싶어졌다.

"설마 도망가는 건 아니지?"

갑작스러운 목소리에 놀라서 돌아보니 온유였다. 놀라지 않은 표정을 지으려 애썼지만 당황한 얼굴근육이 말을 듣지 않았다.

온유 눈을 쳐다보며 목소리에 힘을 주었다.

"뭐야?"

"마지막으로 한 번만 더 물으려고. 궁금했어, 네 마음."

끝까지 멋진 척이다. 뭐 그럼 누가 흔들릴 줄 알고.

온유가 쪽지를 내밀었다.

"네가 전혀 감이 안 오는 것 같아서. 내가 먼저 시작해 봤어. 이제 네 마음을 보여 줘."

내 손에 쪽지를 쥐여 주고 온유는 뒤도 돌아보지 않고 교회로 들어갔다. 나도 모르게 쪽지를 꽉 움켜쥐었다. 정말 이상한 애다. 끝까지 이상한 애다. 갑자기 가슴이 뛰었다. 너무 빠르게 뛰어서인지 얼굴까지 달아올랐다.

버스가 왔다. 도망치듯 버스에 올라탔다. 라디오에서 신나는 캐럴이 나왔다. 버스에 탄 사람들 모두가 행복해 보였다. 나만 빼고. 원효대교를 지나 한강이 보이자 그제야 숨이 트이는 것 같았다. 심호흡을 하고 쪽지를 펼쳐 보았다.

솔직히, 뭘 해 보자는 건 거창한 말이었고 일단 만나서 시시콜콜 얘기하다 보면 뭐가 나오지 않을까 싶었어. 우리가 먼저 친구가 되면 어떨까? 이건 우리 형이 쓴 시야. 한번 봐 줘.

심장 뛰는 소리가 귀에 들리는 것 같았다. 귀까지 달아올랐다. 기분이 나쁘지 않았다. 뭘까, 콩닥거리는 이 마음.

존나, 내 인생

나무처럼

나는 왜 혼자일까

나는 왜 쓰러질까

나는 왜 미안할까

나는 왜 그리울까

나는 왜 눈물날까

나무처럼

서 있고 싶다

나무처럼

봄 여름 가을 겨울

자라고 싶다

다온 오빠의 시를 읽고 또 읽었다. 나무처럼 자라고 싶다는 말이 내 마음을 쿡쿡 찔렀다. 나를 빼고 내 주변 사람들은 저마다 자라고 있다. 나보다 신체적으로 제약이 많은 언니와 다온 오빠까지도.

다온 오빠의 시가 적힌 종이 맨 아래에 유뷰트 채널 제목이 적혀 있었다. 핸드폰을 꺼내 유튜브에 '온유의 나무'라고 치자 첫 영상이 보였다. 첫 영상 제목은 '지적장애 첼리스트의 브이로그'였다. 다온 오빠가 카메라를 향해 손을 흔들고 학교로 들어가는 모습이 보였다. 뒤이어 하교 후 첼로를 연주하는 장면이 나왔다.

온유가 물었다.

"형, 연주하는 거 힘들지 않아?"

다온 오빠가 연주를 멈추지 않고 더듬거리듯 대답했다.

"세, 세상에 아, 안 힘든 게 어딨어. 그, 그냥 하는 거지."

온유가 물었다.

"그냥 하는 거야? 재미는 없어?"

다온 오빠의 얼굴이 잠시 일그러졌다.

"재, 재밌을 때도 이, 있지. 그, 근데 여, 연습하는 건 히, 힘들어."

한 곡을 반복해서 연습하는 다온 오빠의 모습이 빠르게 지나갔다. 이번에는 책상에 앉아 손톱을 뜯으며 학습지를 푸는 다온 오빠의 모습이 나왔다. 밑에 자막이 나왔다.

원래 인간은 불안을 안고 태어난다고 합니다. 이러한 불안을 잘 감당해 내는 것이 성숙의 과정이지요. 그런데 이러한 감정을 이해하는 인지 기능이 떨어지면 불안을 다루기가 쉽지 않습니다. 부정적 감정을 나이에 맞게 표현하는 것에 서툰 지적장애를 가진 형은 오늘도 불안을 없애려고 자기 루틴을 채워 가는 중입니다.

어느새 다온 오빠의 연주 음악이 배경음악이 되고 화면에 오빠의 시가 천천히 지나갔다. 다시 읽어도 코끝이 찡했다.

마지막 장면은 교문 앞이었다. 운동장으로 들어가는 수많은 학생이 보였다. 그 틈에서 다온 오빠 혼자 환하게 웃으며 손을 흔들고 있었다. 이따금 다온 오빠를 쳐다보는 학생들이 보였다. 오빠는 누구도 신경 쓰지 않고 손을 흔들며 환하게 웃었다. 해맑게 웃는 다온 오빠의 모습에서 언니가 보였다. 나도 모르게 유튜브 조회 수에 눈이 갔다. 조회 수는 '13'이었다. 구독자 수는 '3'이었다. 그 아래 댓글이 하나 달려 있었다.

우연히 이 채널을 보게 되었어요. 여섯 살 제 아이도 최근에 지적장애 판정을 받았어요. 지적장애만 검색하다 여기까지 왔네요. 우리 아이도 다온 형아처럼 좋아하는 걸 발견해서 꾸준히 할 수 있다면 정말 좋겠어요. 다온 형아는 시인 같아요. 저도 우리 아이도 나무처럼 자라고 싶네요.

문득, 이선우 탐구 영역 마지막에 쓰여 있던 글귀가 떠올랐다.

용기는 삶을 직면하는 것에서 시작합니다.

애써 외면했던 진짜 '나'와 마주할 수밖에 없었다. 장애인 언니 때문에 놀림당할까 두려워 내 마음을 내버려 두던 나, 누구의 눈에도 띄지 않게 표정 없는 가면을 쓰고 사는 나, 삶에 대한 아무런 기대도 희망도 없는 나와 마주하니 마음이 한없이 가난해졌다.

어느새 버스가 할머니의 자랑스러운 건물 앞에 정차했다. 정류장에 내리는데 저쪽에서 걸어오는 은옥 할머니가 보였다.
은옥 할머니가 나를 발견하고 반갑게 다가왔다.
"우리 선희 잘했지?"
"아빠가 잘 찍었어요. 나중에 보세요."
할머니와 헤어져 건널목에 서 있는데 누군가 어깨를 톡톡 쳤다. 깜짝 놀라 돌아보니 은옥 할머니였다.
"선우야, 우리 그냥 존버하지 말고 신나게 존버하자."
순간 목이 메어 아무 말도 할 수 없었다. 다행히 신호가 바뀌었다. 길을 건너다 뒤를 돌아 은옥 할머니를 향해 힘껏 손을 흔들었다. 은옥 할머니도 손을 흔들어 주었다. 생각할수록 웃음이 나왔다. 은옥 할머니 입에서 존비기 니오더니.

아파트 입구쯤 갔을 때 전화벨이 울렸다. 수호였다.

"어디야? 우리 지금 아지트에서 기다리고 있어. 얼른 와."

매년 크리스마스이브마다 애들과 선물을 주고받는데 깜빡했다. 가방에 선물까지 챙겨 놓고 잊어버리다니. 서둘러 햄버거 가게로 갔다. 수호와 혜주는 테이블에 선물을 놓고 기다리고 있었다.

"이 오빠가 너 좋아하는 핫초코 미리 주문해 놨다. 자, 시간이 없어요. 어서 선물 꺼내."

가방에서 선물을 꺼내자 수호 눈이 휘둥그레져서 물었다.

"오, 설마, 설마 이 포장의 느낌, 내가 생각하는 그거 아니겠지?"

수호의 말에 혜주가 맞장구치며 장난스럽게 말했다.

"그러게. 우리가 또 독서파는 아닌데."

"뭐, 어쩔 수 없지. 선물이라면 받아들여야지. 자, 내 선물부터 풀어 보셔."

수호가 나와 혜주 앞에 선물을 밀었다. 그러고는 얼른 핸드폰을 들었다. 모든 순간을 카메라에 담고자 하는 수호 때문에 초상권은 포기한 지 오래다. 혜주가 먼저 선물을 풀었다.

"대박! 완전 마음에 들어!"

커다란 리본이 달린 상자에서 나온 선물은 혜주가 갖고 싶어 했던 브랜드의 모자였다. 혜주는 모자를 곧장 쓰고 거울부터 봤다. 혜주는 춤출 때 항상 모자를 쓴다. 모자를 쓰면 춤에 집중이 잘된다고 했다. 수호가 눈짓으로 빨리 선물을 풀어 보라고 재촉했다.

리본을 푸는데 수호가 한마디 했다.

"잠깐! 선물을 푸는 표정이 그게 뭐냐. 기대감이라고는 전혀 없네. 야, 이선우. 좀 웃어!"

억지웃음을 한 번 짓고 포장지를 뜯었다. 수호는 내 반응을 기대하며 카메라를 들이밀었다. 수호의 선물은 너무 뜻밖이었다. 나도 모르게 입이 벌어졌다.

혜주가 물개 박수를 치며 좋아했다.

"와, 이거 진짜 예쁘다. 맞아, 너 어릴 때 그림 그리는 거 좋아했잖아."

수호가 고개를 끄덕였다.

"좋아하는 거 없는 너 때문에 이 오빠가 얼마나 많이 검색한 줄 아냐. 너 작년 선물도 안 쓰지? 그때 검색 실패한 것 같아서 엄청 찾아 헤맸다. 혜주처럼 갖고 싶은 거 있으면 선물 사기도 쉽지."

근사해 보이는 양장 표지에 '나를 위한 컬러링북'이라고 적혀 있었다. 컬러링북과 함께 색연필 세트까지 있었다. 어릴 때 이런 색연필 세트를 갖고 싶었던 게 떠올랐다. 수호가 열한 살의 나한테 선물을 주는 것 같았다.

"땡큐. 근데 이걸 어떻게 생각했어?"

의기양양한 표정을 지으며 수호가 말했다.

"이 오빠가 기억을 좀 더듬어 봤지. 너 예전에 우리 셋 나오는 만화노 그렸잖아."

아주 가끔 이럴 때 수호가 오빠처럼 느껴진다. 어떤 친구가 나를 이렇게 생각해 줄까 싶었다. 다음은 혜주 선물을 풀어 볼 차례였다. 이번에는 나부터 풀어 보았다. 포장을 풀자마자 웃음이 나왔다.

"와, 대박인데!"

질투 많은 수호가 투덜대며 말했다.

"야! 너무 격한 반응 아니냐."

혜주의 선물은 변기 모양의 머그잔이었다. 컵은 변기 모양이고 손잡이에는 변기 물 내리는 레버까지 달려 있었다.

수호가 손뼉을 치며 고개를 내저었다.

"와, 인정. 태어나서 이렇게 쓸모없는 선물 처음이다."

웃음을 참으며 혜주가 속삭이듯 말했다.

"근데 레모네이드 같은 건 피해. 보기에 좀 그래."

혜주 말에 웃음이 터졌다. 이제 내가 준비한 선물을 풀어 볼 차례였다. 혜주와 수호가 궁금하다는 듯 내 선물을 바라보았다.

"책만 아니었으면 좋겠다."

수호의 말에 혜주가 핀잔을 줬다.

"너 책 읽는 거 좋아하기로 했다며!"

"아니, 좋아하지. 근데 선물로 책은 좀 그렇지. 왠지 책은 선물 같지 않은 느낌이랄까."

혜주가 먼저 선물을 풀어 보았다. 포장지를 뜯은 혜주가 나와 선물을 번갈아 보았다.

"와! 이런 선물 처음이야!"

수호도 덩달아 포장지를 뜯었다. 내 선물은 '김수호 탐구 영역' '송혜주 탐구 영역'이었다. 혜주는 질문을 찬찬히 읽어 보며 엄지 척을 했다.

"너무 근사하다. 이 노트 한 권 다 채우면 왠지 더 멋진 사람이 될 것 같아."

수호도 한마디 했다.

"뭐 인정하고 싶지 않지만, 그런 느낌 인정."

주섬주섬 짐을 챙기며 혜주가 말했다.

"나 빨리 가서 송혜주 탐구 영역 풀고 싶다. 내가 태어나서 문제를 빨리 풀고 싶은 적은 처음이라 좀 낯설긴 하다. 헤헤."

수호 전화벨이 울렸다. 수호는 '감독님'이라고 뜬 화면을 보고 재빨리 일어났다.

"메리 크리스마스! 내 동지들. 훈련 갔다 와서 보자."

크리스마스 새벽에 훈련을 떠나는 게 어딨냐며 수호는 툴툴대며 먼저 일어섰다. 혜주와 아파트 앞까지 천천히 걸어갔다.

"올해 받은 선물들은 절대 못 잊겠다."

혜주가 동그래진 눈으로 물었다.

"나 말고 또 누구?"

나도 모르게 손사래를 쳤다.

"그냥, 그런 게 있어."

쇼핑백을 꼭 끌어안은 채 혜주가 말했다.

"나 이거 에스엔에스에 올려도 돼?"

"네 거잖아. 마음대로 해."

잠깐 생각하던 혜주가 고개를 내저었다.

"아니다. 이렇게 특별한 선물은 나만 알고 있어야지. 얼른 들어가. 선희 언니한테 메리 크리스마스라고 전해 줘. 내일 봐!"

내일 보자면서 혜주는 한참이나 손을 흔들다 뒤돌아섰다. 집에 들어가자 크리스마스트리가 고요히 반짝이고 있었다. 바닥에 주저앉아 신발을 벗고 물끄러미 트리를 올려다보았다.

"축하해요, 기쁜 성탄. 축하해요, 기쁜 성탄…."

언니의 노랫소리에 화들짝 놀라 옆을 보니 아빠가 촛불 하나가 켜진 케이크를 들고 서 있었다. 언니는 "성공했다" 하고 방방 뛰며 거실 불을 껐다. 조금 있으니까 엄마와 할머니가 방에서 나왔다.

"너희끼리 하라니까 뭘 나까지 데려와서는."

아빠가 식탁에 케이크를 놓으며 말했다.

"케이크는 여럿이 먹어야 제맛이죠. 케이크 한 조각만 드시고 가세요."

다 같이 식탁에 둘러앉았다.

"생방송 준비는 잘돼 가? 이제 며칠 안 남았잖아."

케이크를 허겁지겁 먹으며 언니가 말했다.

"71호는 내 아빠 이정석입니다."

아빠가 언니 머리를 쓰다듬으며 말했다.

"최선을 다하고 있습니다."

할머니가 말했다.

"나는 25호랑 자네 중에 누구를 뽑아야 하나 고민이 커. 25호 사연 좀 봐. 내 친구들도 그 효자 사연에 다 마음이 돌아섰어. 여차하면 25호한테 문자 투표할지도 모르니까 잘해."

역시 할머니다웠다. 할머니가 가방에서 봉투를 꺼내 식탁에 올려놓았다.

"생방송 나갈 때 옷 한 벌 사 입어. 난 이만 간다."

엄마 아빠가 어리둥절한 표정을 짓고 있는데 언니가 잽싸게 봉투를 들었다.

"고맙습니다. 존버 할머니. 내일도 존버하세요."

언니의 말에 할머니가 웃음을 터트렸다.

"그래, 지금은 무조건 존버야. 니들도 지금 떨어졌을 때 좀 사 두던지."

엄마가 웃으면서 고개를 내저었다. 할머니는 유언장에 쓴 것처럼 할머니답게 살 것 같았다.

할머니가 돌아가고 엄마는 언니를 데리고 방으로 갔다. 이렇게 큰 행사를 치른 날은 엄마가 언니에게 어떤 일이 있었는지 차근차근 한 번 더 설명해 주곤 한다.

온유가 준 쪽지를 한참 동안 보고만 있었다. 노크 소리가 나고 아빠가 살짝 고개를 내밀었다.

"들어가도 돼?"

고개를 끄덕이자 아빠가 조심스럽게 들어왔다.

"내일 새벽에 바로 숙소로 가야 해서 인사하려고."

전부터 물어보고 싶은 말이 불쑥 나왔다.

"노래하는 거, 재밌어?"

잠깐 생각하던 아빠가 고개를 끄덕이며 대답했다.

"응. 그동안은 잘하고 싶은 마음이 너무 커서 노래하는 게 무서웠어. 괜히 걱정하고 두려워하다 아무것도 못 했지. 이제 그 마음을 조금씩 덜어 내는 중이야. 그러니까 노래가 재밌어. 그리고 좀 설레."

아빠 얼굴이 그 어느 때보다 편안해 보였다. 나도 어떤 말을 해야 할 것 같았다. 사랑한다는 말은 아직 어렵지만, 그에 가까운 말을 해 주고 싶었다.

"응원할게."

뜻밖의 말인지 아빠가 놀란 표정을 지었다. 그러고는 아빠 딸이 돼 줘서 고맙다는 말을 하고 방을 나갔다.

나의 열다섯이 며칠 남지 않았다. 더 늦어지면 안 될 것 같아 이선우 탐구 영역을 펼쳤다. 마지막 장 '나에게 쓰는 편지'를 펼쳤다.

열다섯 선우에게

선우야, 안녕?

나야. 선우.

넌 뭐가 그렇게 두렵니? 뭐가 그렇게 겁나니?

네가 숨는 이유…

지금까지는 언니 때문이라고 생각했어. 솔직히 그게 편하니까.

이제 용기가 필요하다는 걸 알았어.

숨고 싶고, 아무것도 안 하고 싶은 이선우와 안녕 할 거야.

나무처럼 자라기로 결정했으니까.

우리 약속하자.

삶이 힘들다고 느껴질수록 이 말을 더 자주 하기로.

선우야, 사랑해.

선우야, 아무것도 포기하지 마.

걱정과 두려움은 덜고,

신나게 존버해 보자.

넌 할 수 있어. 왜냐하면 너는 자라기로 결정했으니까.

쫄지 마. 넌 잘할 거야.

6학년 때 네 그림을 보고

웹툰 작가는 못 될 거라던 선생님 말은 잊어버려.

그건 선생님 생각일 뿐이야.

지금 네 머리에 떠오른 '이선희 설명서'를 끝까지 그려 봐.

누구 눈치도 보지 말고.

때로 슬픈 노래를 불러야 할 때도 있겠지만 괜찮아.

너에겐 사랑하는 사람들이 있으니까.

선우야, 고마워.

존버해 줘서.

너를 사랑하는 나 이선우가

에필로그

이선우 탐구 영역을 드디어 마쳤다. 한참 동안 핸드폰을 만지작거리다 온유에게 메시지를 보냈다.

해 보자. 그게 뭐든!

10년도 더 된 일이다. 새로 간 교회에서 예배를 마치고 버스를 기다리고 있었다. 새해 첫날이라 그랬는지 다른 때보다 버스 배차 간격이 길었다. 매서운 바람에 옷깃을 여미며 버스를 기다리는데 느닷없이 어떤 손이 날아와 내 뺨을 때렸다. 그 황당하고 창피한 기분을 어떻게 설명해야 할까. 고개를 들어 보니 여고생처럼 보이는 친구가 초조한 듯 두 손을 흔들며 중얼거렸다.

"씨이발, 존나 버스가 안 와."

낯선 사람에게 뺨을 맞은 것도 억울하고 황당한데 강렬한 욕까지. 제대로 한 방 맞은 기분이었다. 하지만 어딘지 불안해 보이는 눈빛과 몸짓… 장애가 있을지도 모른다는 생각에 한 걸음 뒤로 물러

설 수밖에 없었다.

4월 어느 날, 예배 시간에 장애인 오케스트라 팀의 특별 순서가 있었다. 앞에 선 오케스트라 단원들의 얼굴이 화면에 스치는데, 그 친구의 얼굴이 보였다. 뺨을 맞았던 일이 생생하게 떠오르면서 얼굴이 화끈거렸다. 그날의 초조한 몸짓과 달리 연주에 집중하는 그 친구의 모습이 편안해 보였다. 너무도 상반되는 두 번의 만남. 그 뒤로 콧노래를 흥얼거리며 버스를 기다리는 그 친구를 자주 봤다. 그렇게 그 친구가 내 마음에 들어왔다.

가끔 생각한다. 왜 하필 나였을까. 발달장애가 있는 이들이 가장 어려워하는 것 중 하나가 기다리는 것이라는 걸 시간이 지나 알게 되었다. 이 책을 쓰는 시간은 기다림에 익숙해지는 시간이기도 했다. 선희의 세계를 공감하기까지, 흔들리고 가라앉는 선우의 마음에 다가가기까지….

어느새 선우네 가족이 내 마음 깊이 들어왔다. 선우네 가족이 조금 더 편안하게 외식도 하고 마트도 갔으면 좋겠다. 선희를 바라보는 따가운 시선은 따뜻함으로, 놀란 시선은 이해로 바뀌어 갔으면 좋겠다. 그렇게, 조금씩 변해 갔으면 좋겠다.